我們的重製人生

我們缺乏的事物

05

Remake our Life!

Let's time-travel to 10 years ago and reenjoy creative and sweet youthful days.

木緒なち
繪者 えれっと
Kionachi / Illustration Eretto

我們的重製人生

Remake our Life!

Let's time-travel to 10 years ago
and reenjoy creative
and sweet youthful days.

我們缺乏的事物

作者：木緒なち
插畫：えれっと

05

「也給我一個吻。
然後抱緊我。
如果你願意這麼做，我也會安分一點。」

「美乃梨謝謝妳，謝謝妳這麼喜歡我的畫。」

「嘩……啊……
竟然……
這麼幸福……」

人物介紹
GENKIROU HIKAWA
火川元氣郎
MINORI SAIKAWA
齋川美乃梨
EIKO KAWASEGAWA
河瀨川英子
KYOUYA HASHIBA
橋場恭也

TAKAYOSHI KURODA
九路田孝美
NANAKO KOGURE
小暮奈奈子
志野亞貴

我們的重製人生 05

我們缺乏的事物

Remake our Life!
Let's time-travel to 10 years ago and reenjoy creative and sweet youthful days.

目次

Contents

序章 「我，重新開始」

「我回來了。」

回到共享住宅的時間，正好是中午過後。

掏鑰匙開門進入房子內，發現沒有任何人。

「奈奈子在打工……志野亞貴呢。」

客廳的桌上放著便條，上頭寫著她去一趟書店。

我放下行李後，再度環顧共享住宅內。

有四間房間，廚房和客廳。

在這片生活空間中，我和他們共度過一段時光。

可是目前，三人中的「他」不在這裡。

他原本住的房間現在是空房，門一直開著順便換氣。

以前他說為了集中精神，經常一直關著門。

自從「他們三人」變成「她們兩人」，已經過了將近一個月。

「好像沒有人在家。」

空蕩蕩的房間內，迴盪著自己的聲音。

雖然這種妄想很不吉利，但是在我的時間裡，不曉得會發生什麼事。

可能今天聊著聊著，又會再穿梭到不同的時間去。

說不定會回到原本那個灰暗無光，我根本不想再回去的世界。

有可能這個空間並非「好像沒人」，而是真的沒有任何人在。

「也有可能只是一場夢。」

走上通往二樓的階梯，同時我還在思考妄想的後續。

這個世界其實完全在遊戲內，我是登場人物。

我在一開始的路線就選錯了。沿著壞結局的路線，見到了結局。然後決定從記錄點再次繼續玩。

不，既然連有沒有記錄點都不知道，或許正確的說法是，我被傳送到某條路線的中途。

既然有那種超現實的經驗，總會產生一兩種這種妄想。

「如果是真結局的路線就好了……」

我打開房門。

房間內有張小桌子，棉被，以及工作用的電腦。我原本行李就不多，所以房間整理得井井有條。

「既然沒人……那就開始吧。」

我手上拿著筆，站在壁櫥面前。

深呼吸一口氣後，緩緩打開紙門。

見到呈現在眼前的光景，我想起去年上過的課。

「創作劇本時，如果突然從架構開始寫，會卡在構成細節的部分。所以要寫摘要，這也代表要預測後續發展。」

在上電影課時，劇作家老師這樣教我們。

「摘要怎麼寫都可以。可以寫成一項一項，或是用大綱處理機寫成階層結構。將詳細事件寫在便利貼上，一張張依序貼起來也可以。」

說著，老師開始實際在黑板上貼便利貼。

「事件像這樣連成一串，因果隨之誕生。由此導出的結果，原因肯定存在該路線起始的部分。如此一來，就能從一開始確實埋下伏筆。」

我覺得自己身處遊戲中。

換句話說，我自己就在故事內。

「說真的，我不知道這樣能幫上什麼忙。」

我點亮事先安裝在壁櫥內的檯燈。

壁櫥內貼著大量黃色筆記用便利貼。

這並非亂貼，而是依照時間軸決定路線。

上方是過去，下方是未來，正中央正好是現在。

我以前經驗過什麼，目前正在做什麼，將來要做什麼，依照事件細分後寫在便利貼上。

這是我人生的——摘要。

「增加了不少內容呢……得整理一下。」

我仔細撕下已經走不通的路線。

本來我就沒有多少行李。所以有多餘的空間，最適合從事些什麼。

而且這個實驗不能讓別人看見。畢竟水準粗糙，而且看到的人可能會感到不悅。

因為我將朋友，將重要對象當成棋子擺布。

「我真是過分的人。」

之前毫不留情對待貫之，目前正害志野亞貴的未來蒙上陰影。今後我還要將自己與身邊的人視為遊戲人物一樣對待。

可是這在我的心中是必要的。

我在腦海內整理，歸納出什麼事情對現在的自己與大家有必要，然後寫下來。

為了想到，並且決定行動——這是必須的。

我會開始整理這些，是在藝坡的途中偶然撞上齋川的那一天。

在這個世界肯定有某些旗標（flag）與路線，我正沿這這條路線活著。不，是被迫走上這條路線。

那就主動做些什麼吧，這是我開始的契機。如果事情是依照我的選擇推動，那就早一步先想想能預測的，以及可能發生的事情。然後等到特殊的時機，採取行動時不要迷惘。

關於寫在便利貼上的內容，我事先制定了規則。

首先要避免寫抽象的事情。而是不抱樂觀的想法，寫出具體手段，以及有可能造成的結果。

透過這種方式，自己該如何行動就一目瞭然。每天的行動就有了目的，我一邊確認與結果的誤差，同時決定下一步行動，還可以當成修正預測的提示。

不過只有最後一張便利貼，我寫的不是具體內容，而是理想。

「我一定要有所作為。」

我看著手上的便利貼，嘴裡嘀咕。

『大家一起創作最棒的作品』。

路線的尾端，所有支線收束的位置，貼了這張便利貼。

為了抵達這個結果，我會不擇手段。我已經下定決心了。

即使我來自未來，面對這款地獄級難度的遊戲，卻沒有任何攻略方法。可是我又不能放棄不玩。

「我回來了。咦，恭也不在嗎？」

「鞋子在，他應該在房間吧？」

樓下傳來聲音。

我頓時回神，走出壁櫥關上紙門。

「歡迎回來！」

開口問候兩人後，兩人也回應我。

「「我回來了！」」

就這樣，僅止於此。

可是卻聽得我差點流出眼淚。

因為我知道，這聲千金不換的問候有多麼珍貴。

「我過去一趟，志野亞貴。」

我向已關閉路線的她道別。

於是今天同樣開始我的一日。

第一章　「我，心中盤算」

大型冰櫃的馬達聲平穩地響起。一牆之隔的另一側播放著重複的類廣播劇節目，以及商品的宣傳影片。

「嗯……啾，拜託，就說不行了……在這裡會被人發現喔？」

「被看到有什麼關係……這樣比較刺激吧……嗯……」

「真是的……嗯、嗯嗯……」

期間還傳來這些聲音。

氣氛很明顯不太尋常。

我目前在深夜的超商內打工。在朵森超商常磐町分店，每週上三次大夜班。今天一如往常在補充飲料時，隔著飲料架聽到店內傳來竊竊私語。

很多人在便利商店內聊天。包括我們在內，活力十足的大學生吵吵嚷嚷是世界上最吵的聲音。

可是這時從店內傳來的對話，聽起來明顯不一樣。

「……拜託，等回去之後……也不遲吧……」

「還用你來說……啊，討厭……就說不可以摸了……」

這下可糟了，在我心想有人要在店裡色色的時候，行徑已經愈來愈大膽。

（怎麼辦，該提醒對方一下嗎？）

對於在店內舉止可疑的顧客，店員會出聲提醒並加以制止。如果是明顯的危險行為，店員會第一時間報警。不過這是另一種意義上的危險行為，首先應該出聲提醒吧。

目前店內沒有其他客人，能阻止他們的只有監視器與我們店員。我不清楚他們是否知道，但他們依然沒有停止卿卿我我的跡象。

（其實我希望他們能自然地適可而止。）

我會這麼想有兩個原因，第一，他們看起來不像正派人物。即使我早已習慣應對各種客訴，不是我害怕他們，但純粹只是嫌麻煩而不想扯上關係。

第二個原因則是，

「……天、天啊……」

避免教壞在我面前完全停止思考的女孩，小暮奈奈子。

「欸，恭也，他們在做什麼啊……」

她張著嘴，注視發生在補貨期間內的活春宮。

「奈奈子，總之先補貨吧。」

「噢，好。」

奈奈子一邊點頭，同時將飲料補充到完全不相干的地方，看來她已經完全心不在焉了。該說外表和內在差距這麼大的女孩真的很罕見，還是該懷疑她真的成年了嗎？總之她和「那種事情」幾乎沾不上邊。

（不過啊……）

其實奈奈子有時候也會展現特別積極的態度。

有次和我排同一班時，她刻意以胸部頂著我。照理說她不會強調這一點，但她卻刻意為之，加上胸部的觸感，甚至放話「我不會輸的」。

正因為這句話顯然在指我和某人，當時給了我很大的震撼。應該說我到現在依然緊張。

（能不能聊一聊……是嗎。）

製作同人遊戲的尾聲時，她告訴我這句話。

之後為了貫之的事情手忙腳亂，導致奈奈子尚未表示究竟要聊什麼。

如果她提起這件事，代表我也得下定某種決心才行。

（究竟何時會爆炸呢……）

自從那件事之後，每次與奈奈子獨處，我都被迫隨時提高警覺。彷彿捧著隨時都會爆炸的C4炸藥一樣。

就在我心想，總之先提醒她放錯了果汁位置的時候，

「欸，恭也……」

隔著飲料架，注視活春宮的奈奈子卻冷不防開口。

「話說你和志野亞貴……」

我頓時感到電流流竄全身！

想、想不到她會現在提起這件事！

即使我事先做過一些心理準備，可是，聽她親口說出，我卻慌張得要死。應該說，我完全想不到該怎麼回答她。

她的下一句話是什麼？是「你們正在交往嗎？」雖然我們還沒正式交往，但我如果據實以告，下一個問題多半會是：「那你喜歡她嗎？」

這個問題的答案真的很嚴苛。不論ＹＥＳ或ＮＯ都會傷到人。可是多半又不能選擇不回答。

我暗自做好流血的心理準備後，奈奈子正準備向我開口的一瞬間，

「奈奈子，麻煩支援櫃臺～」

另一名在店裡的工讀生櫻井喊的這句話，正好拯救了我。

「噢，好的！」

「抱歉，話講到一半。我過去一趟。」

「嗯，好……」

總之我先放下剛才對話中一直捧在手裡的果汁箱，吁了一口氣，紓解全身的緊繃感。

「差、差點以為要沒命了。」

雖然好不容易生還，但只要我繼續打工，之後很顯然得繼續面對危機。從她「話講到一半」這句話來看，代表隨時會有後續。

「不會直接中止製作吧……」

若是動畫的的劇情，這樣足以掀起暴動，但我現在特別不想延續這個話題。

◇

之後由於顧客絡繹不絕，當天的打工沒機會繼續聊「講到一半的話」。

「唔~好累喔……那麼恭也，我先走囉~」

奈奈子似乎也相當疲勞，結束打工後立刻騎機車回去。

目送奈奈子的同時，我也騎腳踏車在早霞的照耀中踏上歸途。

我個人很喜歡從富田林市的車站到共享住宅的這段路。穿過名叫寺內町的老街後，是一片可以遍覽群山與大學的景色。

「終於過了一年嗎？」

穿梭時空就讀大藝大後，進入了第二年的夏天。雖然還是對難受得要死的悶熱夏季感到吃不消，但我現在甚至連這一點都很珍惜。

畢竟可是「終於過了一年」。實際上我穿梭到十年後的未來，在那裡待了超過半年後才回到這裡。如此不可思議的時間旅行，在我的感覺已經過了快兩年。

可是我們的環境已經逐漸改變。貫之離去後，我們的共享住宅剩下三人。奈奈子雖然恢復了對唱歌的熱情，可是志野亞貴目前正深陷燃盡症候群。

「我會想辦法搞定……絕對會。」

即使要介入她的人生也在所不惜。

從沿著河川的道路右轉，騎進田埂間的道路。在前往住宅區的中途向右轉，便來到北山共享住宅的前方。

「我回來了。」

以備用鑰匙開門進入室內後，

「歡迎回來～來放鬆一下吧。」

見到志野亞貴坐在客廳的坐墊上，向我招了招手。

「嗯，奈奈子呢？」

「她已經睡囉～似乎很疲勞呢。」

「是嗎。」

我坐在志野亞貴前方，與她面對面。

「怎麼了嗎？」

「噢，沒啦……沒什麼。」

突然感到難為情的我，急忙別過視線。

在我不久前身處的未來世界，和她可是同床共枕的夫婦。那時候和她的深情接吻，遠遠超越剛才在超商的那對情侶。

以身體變化而言，十年的光陰出乎意料地影響不大。尤其是女性，很多女性的外表幾乎不會改變。

實際上，我面前的志野亞貴就是這樣。溫柔婉約的氣氛雖然與年齡俱增，但容貌可說幾乎沒變。

所以說。

（啊～沒辦法，即使內心明白，還是會忍不住想起來……）

如今回到過去還不滿一個月，我在她面前依然會感到難為情。

「恭也同學真奇怪，為什麼這麼害羞呢？」

志野亞貴苦笑著看我。

畢竟對她而言，這十年以及在未來共度的半年，在現階段都不存在。可是面前的同學卻每次面對面都突然難為情，她當然會感到奇怪。

總之我決定拋出話題，轉移焦點。

「志、志野亞貴，今天做了什麼嗎？」

由於她已經申請獎學金，基本上沒有打工。而且透過同人遊戲獲得的酬勞也不少，所以幾乎整天都是自由時間。

若是原本的她，照理說肯定在畫畫。

「嗯～沒什麼。看了看書，看看照片集，然後仰望天空。」

「……是嗎。」

可是現在的她並未動筆。

或許她正處於吸收事物的期間，可是她對各種事情的反應也太平淡了。不知道該說缺乏感動，還是缺少刺激。

結果製作遊戲不只害貫之放棄寫作，還對志野亞貴造成弊端。靠習慣與流行繪製的圖沒有受到批評，反而大獲歡迎，才讓她產生安於現狀的想法。

而且這個「舞臺」並非靠自己尋覓，還是主動找上門來的，某種意義上變成了她的舒適圈。自己不用冒著風險，也不需要挑戰就得到回報，導致她目前陷入尋找行事的意義。

可是她目前缺乏適當的意義。所以她依舊空虛，天天看自己以前買的書或照片集，或是眺望來到陽臺就隨時可見的天空。

「抱歉，恭也同學。其實……你很擔心我不畫畫吧？」

「不會，這是由妳自己決定的。」

說完我站起身。

「今天我從下午開始有課，所以先去小睡一下。」

「嗯，我也該去學校了。」

互相道別後，我回到自己在二樓的房間。

踩著嘰嘎作響的階梯，同時我一直思考。

（果然得盡早採取行動才行。）

從我回來後沒多久，志野亞貴就出現明顯的變化。連殘酷結果都見過的我，不可能袖手旁觀。

我要干涉她。但並不是掐住她的脖子，命令她「快畫圖」。而是在她身邊營造出她會自然提起畫筆的情況。

而我在未來已經看過，有可能成為此一契機的事物。

「這是……為了創作。」

我緊咬牙根，卯足了勁。

我不再當「好人」。要貫徹自己相信的事物。

◇

起床後，我立刻前往進入校園後左側不遠的建築物，而非要上課的九號館。這棟校內最高樓，占地也寬廣的建築物不只巍峨，更有魄力。

「不愧是主要系所……」

我尋找美術系的門牌，從入口進入建築物內。

不只大藝大，所有與美術、藝術相關的大學，美術與設計的相關系所都是頭牌。近年來影傳系也逐漸嶄露頭角，不過還是擺脫不掉美術才是主軸的印象。

即使在校內，美術系與設計系都有些與眾不同。光是行經擠滿了畫架與畫布的走廊，都感到這裡的氣氛十分封閉，彷彿叫不相關的人速速離去一樣……吧。

老實說，我會來這種不想久留的地方，原因只有一個。

我從口袋掏出筆記。

「齋川美乃梨……美術系一年級。」

「偶然」撞到她的那一天，一瞬間見到的學生證上，寫著她念美術系。

未來的她因為喜愛志野亞貴畫的畫，而立志成為插畫家。在命運的捉弄下，讓一度放下畫筆的志野亞貴再度下定決心畫畫。

我確信，齋川美乃梨就是帶給志野亞貴重拾畫筆契機的人物。

當然，我沒有任何根據，也不保證能夠順利。但是我相信所有不可思議至極的時間旅行都有意義，未來的相遇與過去的重逢毫無疑問顯示出某些跡象。

所以我想先找到她，和她聊聊。不過外系，還是與美術幾乎無關的影傳系二年級學長，四處尋找剛入學沒多久的一年級女生，這種舉止相當怪異。

所以我帶了能充當一點藉口的道具前來。

就是我加入的美術研究會，二〇〇七年徵求社員的傳單。

上頭寫著『歡迎新社員加入，尤其歡迎美術系的學生！特別是女生！不要男生！』等內容。某個偏袒女生的社長寫了一大串宣傳標語，雖然無法發揮徵求社員的功能，但可以當成「我來發傳單」的藉口。

「……反正聊勝於無吧。」

如果順利與齋川美乃梨聊上幾句，我就打算拉她加入社團。如此一來，與志野亞貴接觸的機會自然會增加。即使不強行營造情境，我也覺得這是捷徑。

「要是有什麼萬一，就犧牲社長開溜吧。」

反正我已經對他仁至義盡，甩幾個鍋給他也不過分。

我走在校舍內尋找。影傳系各層樓的實習室都不一樣，樓下是編輯室與資料室，樓上則是ＣＧ或動畫的房間。相較之下，美術系並排著好幾間大型實習室，能讓所有學生素描，完全就是不同世界。

「從這裡漫無頭緒尋找根本浪費時間……哦。」

實習課似乎正好結束，幾名學生來到走廊上。我決定主動上前詢問。

「不好意思，可以打擾一下嗎？」

「嗯？」

對方是繫著髮辮，穿一件大圍裙的女生。從氣氛判斷應該是二年級或一年級，不過這間大學有不少學生年齡不詳，所以得先確認才行。

「我在找一年級的學生，想請教一下妳是幾年級的呢？」

「噢……我是一年級的，請問有什麼事嗎？」

太好了，她的外表與散發氣氛相同，似乎是新生。

不過她的表情明顯對我提高警覺。我得先說清楚自己的來意。

「我是美術研究會的社員，之前聊天的時候讓某位同學產生了興趣，所以我打算向她詳細說明。請問妳認識齋川美乃梨嗎？」

然後我秀出帶來的傳單（內文則隱藏起來）。

「噢，齋川同學現在應該在單人房做作業吧。」

「單人房？」

「樓上有幾間小型工作室，可供單人使用。使用的時候要在門上掛名牌，您見到應該就知道了。」

太好了，這樣要找到她應該不難。

「是嗎，謝謝妳。」

向她道謝後，我從階梯走上樓。剛才的女孩說得沒錯，這一層樓似乎沒有大教室，而是幾間小房間集中在一起。

「名牌……啊，這一間嗎。」

門上掛著一小塊白板，上頭寫著學生的名字。我走在走廊上，同時一一確認姓名。

四周瀰漫油畫顏料的氣味，顏色的洪流從四面八方湧向我。剛才的女孩也是一樣，很多學生穿著大件圍裙或連身服。應該是顏料會弄髒服裝吧，印象中很少有人一開始就穿著漂亮衣服。

「哦，原來是這樣的教室啊。」

話說我雖然一直接觸繪畫，卻幾乎不具備專門繪畫知識。如果知道太多，有可能會失去外行人的視角，但我總覺得應該學些最基礎的知識。

「改天再問問看志野亞貴——」

在我嘀咕的同時，抵達了一間房門微開的小工作室前方。

「是這一間……」

名牌上寫著齋川美乃梨。我深呼吸一口氣，吸入顏料溶液散發的特殊氣味後，探頭看房門內部的動靜。

房間後方有一扇大窗戶。窗戶半開，應該正在交換室內空氣，熱空氣從開口流進室內。

大約一坪半的小房間內，放著一座很大的畫架。上頭放著不知道幾號……總之是一塊很大的畫布。

齋川就坐在畫布的前方。

「找到了。」

她露出認真的表情，面對眼前的白色空間。

即使她坐在椅子上，半個身子卻傾斜著。手腕，不，整隻手臂都默默地使勁作畫。

畫筆隨著有規律的「咻、咻」聲游移，每畫一次就增加一層畫布的厚度。有紅，有藍，還有紫，若是我的話，在繪圖時間肯定不會使用這些強烈色彩。只見色彩轉眼間附著在畫布上，逐漸形成世界。

其實我已經見識過類似的光景。是我進入藝大後不久，在我住的共享住宅內，別人的房間內見過。

當時的她以手中平板筆作畫，面前的她則手握畫筆遊走。在我耳中……兩者的聲音有種共通的莊嚴感。

「真了不起。」

我忍不住讚嘆。

「欸？」

她回過頭望向我。

剛才我的說話聲音明明很輕，但她似乎察覺了。

在來自外頭的風吹拂下，修長的黑髮迎風飄逸。堅挺的眉毛與清晰的眼鼻輪廓，可以感受到她的堅定意志。

十年前的齋川美乃梨同樣可愛。不過像是不太起眼的服裝與眼鏡，卻又給人一種不夠清新的土氣感。

另外明明剛入學不久，她的工作圍裙卻已經像身經百戰的勇士，沾了不少顏料的痕跡。對繪畫情有獨鍾這一點似乎完全沒變。

噢，對了，得打招呼才行。

「不好意思突然跑來，我是影傳系二年級的橋場——」

我掏出傳單，正準備提到社團，

「請、請等一下，你是影傳系二年級的嗎？」

結果她突然反問我。

「噢，是啊，怎麼了嗎……」

轉眼間她便露出憤怒的表情。

「……你是那個人的朋友嗎？」

「咦？」

「我已經叫你不要再來了！結果竟然利用朋友試圖接近我，這、這實在，太卑鄙了！」

說著，她一手抓起放在身旁的娃娃機布偶或盒子，開始丟向我。

「請你回去!!」

「哇，拜託，別丟了……！」

「我不會停手的！我、我才不會認輸……！」

我的臉和胸口不停遭受攻擊。接二連三有東西砸中我，讓我懷疑這些東西到底是從哪裡冒出來的。不久攻勢終於停止。

「呼、呼、呼……」

齋川拚命喘氣，視線筆直瞪著我。我不知道她發生過什麼事，可是看她這麼激動，或許暫時撤退比較好。

「抱歉我不請自來。但我並未受到任何人的拜託。」

「咦……？」

她的表情這才稍微改變。

我一臉認真地盯著她，繼續解釋，

「因為我無論如何都需要妳，才會來找妳。但似乎還是操之過急了。」

然後我走上前，遞給她美術研究會的徵社員傳單。

「如果之後妳願意聽我解釋，能不能來這裡呢。今天我就先回去吧。」

「咦……呃，這……」

似乎對我的反應感到有些意外，齋川一臉複雜的表情凝視我。

我說了聲「拜拜」便轉過身去，離開工作室。

（第一次見面……真是狼狽啊。）

她對我的印象差到極點，讓我忍不住苦笑。總之為了銜接話題，我告知自己的部分來意後交給她傳單。但是下一次聯絡的可能性大概低到趨近於零吧。

話雖如此。

既然她有可能對未來的我們——尤其是志野亞貴，造成某些影響，我就必須想辦法接觸她。即使她似乎對我有戒心也一樣。

「就這點小挫折，我是不會放棄的。」

走下階梯的同時，我一直思索下次該怎麼接觸她。

◇

「歡迎進入變態的世界，橋場學弟。」

美術研究會社長，桐生孝史二十四歲，以帥到讓人不爽的嗓音與紳士舉止主動要求握手。我甩開他伸向我的手，坐在椅子上。

「為什麼說明剛才的情況後，我就變成了變態啊。我可沒開玩笑耶。」

「你不是為了找一年級女生，特地跑到外系找人，而且一打招呼對方就尖叫嗎？這就是走到哪裡都能抬頭挺胸的變態啊。歡迎你，橋場學弟。要不要吃紅豆飯慶祝？」

「夠了，早知道就不該告訴桐生學長。」

當天下午有影傳系的課，在上課之前我想消磨時間，才來到美研的社辦。

結果發現大學長一如往常，一個人閒閒沒事，所以我才提到剛才的小插曲（當然沒提到未來的事情）。本來希望尋找與她有關的線索，

「那女孩的胸部大嗎？」

結果手扠胸前，一臉嚴肅的大學長聽完後，第一句話竟問這個。

雖然大學長還是老樣子，某種意義上讓我放了心。

「哎呀，話說你去發徵社員的傳單，我心想你對社團活動真是熱心啊。真想不到

你的目的是把妹呢。」

「這不是把妹，請大學長修正。」

「阿橋你真過分耶，志野亞貴、奈奈子和河瀨川都那麼可愛了，還不滿足啊？想湊一桌打麻將？」

「就說不是了，可以不要一直曲解我的意思亂講嗎。」

我中途打斷後，桐生學長不滿地緊盯著我。

「可是阿橋你自己說過，找那女孩是因為之前很中意她的畫，想在影片中使用她的作品吧？」

「是沒錯。」

這是我對桐生學長的解釋。

「你認真的嗎！一般人都是想把妹才找藉口接近女生，結果阿橋你卻純粹為了創作，我無法理解！真的不能理解！」

桐生學長掙扎了一陣後，當場捧著頭煩惱。

雖然我一臉錯愕看他，但也覺得會主動接近齋川美乃梨的男生，多半都動機不純吧。

（齋川真是可愛啊。）

未來散發清新感的她也很可愛，不過對男生而言，現在的她或許更容易親近。

這麼說來，她該不會也覺得我圖謀不軌而警戒我吧。這就能解釋她的強烈排斥反應了。

（話說她之前不是提到利用朋友嗎……）

結果還是不知道那句話是什麼意思。總之肯定以為我是登徒子。

其實我那時應該留下寫了手機號碼或信箱的便條，而不是那張可疑的傳單。問題是這麼一來，當下只會讓她更提高警覺，所以我的判斷應該沒錯……應該吧。

或許也可以考慮透過加納老師，試著從可以信任的管道幫忙介紹。如果這樣能讓她放心的話。

想著想著午休結束，鈴聲響亮地響起。

「那我去上下午的課了。」

我打聲招呼後，桐生學長突然以認真的語氣開口，

「阿橋，答應我一件事。」

「什麼事？」

「如果你成功把到她……也分我一次吧，一次就好。」

「我去上課了！」

扣掉創作的部分，大學長真的又蠢又好色！

◇

影傳系二年級負責製作的同學，幾乎全都在七號館的大廳集合。

雖然今天是必修課，卻不是所有二年級學生都出席。因為事先決定過，去年拍影片的團隊可以由代表人出席。這堂非個人創作的課程，某種意義上很符合影傳系特色。

團隊代表就是導演或製作助理，不過一般都由製作助理負責出席這種相關的通知活動。

（大家似乎都來了。）

在影傳系內，分辨誰是製作助理相對簡單。一種是自我主張不多，抽到爛籤的倒楣鬼；另一種則是想靠自己指揮領導，與導演相異的領導型人物。只要區分這兩種人都好。

真要說的話，二年級的製作助理似乎以前者居多。即使是瀏覽發到手上的資料，大半同學不是一臉無所謂地打呵欠，就是露出厭倦的表情。

畢竟一般而言，製作助理本來就不是什麼有趣的工作。指揮人或物依照預定計畫進行，根本感受不到拼圖，或是身為執政者運籌帷幄的樂趣。只是單純的打雜與聯絡人員。

因此會覺得這種工作有趣的，不是受虐狂變態，就是有虐待狂傾向的人。

「總之先看看資料吧……」

今天的課程是說明二年級上學期的作業。之前已經上過利用底片攝影機的課程，這次事先告知的作業則可以自由選擇類別與媒體種類。

資料上還註明了一段話。

Niconico動畫從去年底正式上線。當初是引用自別的影音網站，可是後來受到禁止。因此今後的目標是鼓勵用戶投稿影片到自家的伺服器。

資料上寫說，影傳系也要推動學生製作影片並上傳，而且會當成課程的一部分。

「哦，好像很有趣。」

仔細一瞧，企劃負責人的欄位填的是加納美早紀。難怪。

在不久前的二〇一八年，影音是時下最流行的網路媒體。直播已經屬於日常的一部分，甚至還有人拋棄自己的本尊，以插畫或3D模型套皮出道。

不過如今二〇〇七年，網路上的影音才剛邁入元年。當然，Flash影片與美少女遊戲的開頭動畫等方面已經過了成熟期。但距離任何人都能拍影片上傳還有一段距離，目前尚處黎明階段。

在上傳影片變得稀鬆平常之前的摸索期，就讓學生嘗試這種全新的製片與發表形式。不愧是思想前銳的加納老師會想到的主意。

「這個……不知道大家看不看得懂。」

奈奈子已經投稿過與我一起翻唱的影片，雖然是在不同網站上，所以她應該很快理解。但是志野亞貴即使知道 Niconico 動畫，也應該沒想過投稿作品上去。

目前她的創作意願低落，需要某些事物讓她產生新的刺激或感覺。我認為關鍵是競爭對手，以及施展身手的舞臺。

我已經選好了她的競爭對手，可是新的舞臺真的是這裡嗎。之前接觸在她眼中屬於未知事物的同人遊戲，就讓她感到害怕與未知。面對再度出現的新平臺，會不會勾起她的心理陰影？

面對資料，我開始思考最根本的問題。我能夠告訴她這些新資訊，而不是用撒謊的方式東遮西掩嗎？

在我手扠胸前思索時，

「拜託，居然出這種莫名其妙的作業。不過還得看怎麼做，搞不好其實無聊得要死呢。你覺得怎樣？」

有人突然從我身旁開口，聲音有些粗魯。

「欸……？」

我望向聲音傳來的方向，確認對方的長相。

是陌生的男性。但他的氣氛卻給人強烈的印象。

身高大約比我高十公分。手臂修長瘦弱，還有他坐在座位上所以看不出來，但腳也多半也同樣細吧。整體而言身材偏瘦。

更重要的是，他的眼神給人強烈的印象。相較於眼球碩大渾圓，黑眼珠的部分較小，呈現四白眼。嘴角雖然浮現些許笑意，但眼神的印象過於強烈，導致其他部分都顯得普通。

「抱歉……你是誰？」

我應該和他第一次見面，老實地反問後，

「咦？我和你是第一次說話嗎？對喔，我已經知道你是誰，才會以為你認識我！」

男性隨即發出獨特的嘻嘻笑聲。

「我是九路田孝美，是九路田團隊的製作助理。」

「啊，原來是那一組的嗎！」

光聽名字我還沒認出來，但是一聽團隊名我頓時想起。

我當然不會忘記。一年級下學期，他們那一組拍的電影對當時的奈奈子造成了最大的傷害。

「Kuroda」啊。

作品已經很厲害，不過他們的團隊名很難念，所以我只記得字面……原來是唸

「咦？你認識我？」

「對啊，我還記得你一年級下學期的作品。」

我一說這句話，他的表情卻突然消失，

「噢，那個啊。有那麼優秀嗎？」

「咦……？」

他的反應出乎我的意料。創作出那麼鮮明又引發話題的作品，我原以為身為製作助理應該很滿足。結果他卻一臉厭倦。

或許他們團隊的體制不太完整。這麼一來，就可以理解他對導演或演員感到不滿了。

「話說橋場你們團隊超強的耶！你們從一年級剛開始就吸引目光，而且我聽說身為製作助理的你很有本事！」

「我哪有什麼本事……過獎了。」

每次有人提到這件事，我就忍不住想起那道背影。

想起他的身影，想起他露出寂寞的笑容，坦承一切後靜靜離去。

「拜託，這麼謙虛喔？至少我覺得很厲害啊。話說我們團隊真是爛透了，證據就是直到現在……」

九路田說到這裡，

「好，大家都到了嗎？那就說明作業囉。」

加納老師終於進入教室。

她捲起手中的資料一邊敲打掌心，同時環顧眾人。

「嘻嘻，似乎開始上課了呢。對了橋場，方便的話要不要等下課後，告訴我一些製作助理的辛酸吧，怎樣？」

「噢……好啊。」

話題到此結束，他也和我一樣聚精會神聽老師說明。

（九路田孝美……是嗎。）

一開始的衝擊十分強烈，讓我有點嚇到。不過聊個幾句後，我發現他也有有趣的一面。

（我還沒有能分享製作甘苦談的對象呢。）

或許可以找他稍微聊聊，抱怨個幾句吧。

老師在課堂提到的事項，比資料上的內容更勁爆。

二年級貫穿上下學期的作業，是製作兩支五分鐘以內的影片。各種格式皆可，但是要上傳到 Niconico 動畫。最後要向研究室提交影片檔與上傳的影片網址，才能拿到學分。

上學期的提交期限是暑假結束後不久。下學期則是在學園祭的特設會場舉辦的上映會當天之前。

「對了，這次同樣也會舉辦類似比賽的活動，大家要加油啊。」

比賽的內容十分簡潔明瞭。

最後相加投稿影片的播放數＋留言數＋我的清單數。獎項分為上下學期，以及全學年綜合，老師還會自掏腰包頒獎給第一名的隊伍。

另外如果前述的三項數字加起來太難看，這堂課會及格，但只會低空飛過。

「三星期後的課堂上要分組，各位同學在上課前要決定好組員。另外這次作業可不像之前只限於系內評分，所以很辛苦喔？」

最後不忘嚇唬一下眾人後，老師便宣布完畢。

原來如此，看來這次的作業相當困難。只是上傳影片其實很簡單，但如果要計算播放數等數據，就不能單純以自己的價值觀拍片。

目前 Niconico 動畫還處於黎明期，Vocaloid 初音好不容易開始有一些原創歌曲。製作得巧妙或許能吸引目光，但如果弄錯焦點的話，可能會變成「好像很厲害但是好無聊」的作品。

什麼樣的企劃比較好呢。在我思索時，身旁有人喊我。剛才的九路田正盯著我瞧。

「哦，辛苦啦。這次的作業似乎很有挑戰的價值呢。」
「你也辛苦了。噢，話說還要繼續聊嗎？」
他剛才說要繼續聊製作的話題。
我一提及，他便露出一臉歉意，
「噢，抱歉！其實剛才我們團隊的人聯絡我。說有事要找我商量，我現在要去他的住處找他。」
話說回來，他剛才好像說整合團隊不順利吧。我告訴他沒關係後，
「下堂課我可以主動找你嗎？」
「嗯，當然可以。」
「是嗎！那我先給你聯絡方式。」
然後他交給我約半張名片大小的紙張，上頭寫了手機號碼與信箱。肯定是為了這種時候而準備的，還有好幾張備用。
「嘻嘻，拜啦！」
九路田起身後，隨即迅速離開教室。倏然現身又倏然消失，感覺好像影子呢。
「真是個怪人……」
既有個人主張，聲音也很大，可是他的存在感十分稀薄。包括這部分在內，我對他產生了興趣。

「那就回去吧。」

我得趕快回去，與大家討論這次的作業才行。

在我將資料塞進包包，準備起身的時候。

「九路田那一組真是多災多難……那個演員的女兒似乎輟學了呢。」

「噢，戲劇系的女生？」

「對啊。」

在我身旁的別組製作助理聊起這件事。

（戲劇系……是那個演技超好的女生嗎。）

那名女生的演技好到連別人口中很會演戲的奈奈子都會自愧不如。我原以為她能大顯身手，想不到她會輟學……

我猜想她不會毫無原因說走就走，不過面前的兩人很乾脆地說出了答案。

「似乎是導演對她全方位無理取鬧，導致她精神出問題。」

「哇，製作助理肯定會瘋掉呢。」

這樣就稍微解釋得通了。既然如此成功地激發演員的演技，肯定使用了什麼方法。像是斯巴達式的表演要求，或是反覆ＮＧ吧。

九路田冷淡，或者該說厭煩的態度也讓我在意。說不定演員只是受到擺布，真正失控的人是導演。

（這樣的話，製作助理肯定超級辛苦。）

我想起新・北山團隊的河瀨川導演，以及負責劇本的貫之兩人之間的爭執。不過他們都懂得掌握平衡，在差點吵架之前打住。所以九路田團隊多半是真的吵到不可開交吧。

離開教室後，走在走廊上的我忽然停下腳步。

「總覺得……」

有點好奇。我有些在意。

的確是因為貫之。即使不是我直接逼走他，結果害他放棄編劇之路的依然是我。但我在意的是別的地方。以前我幾乎沒關心過其他團隊的事情，可是聽到之後，卻覺得簡直就是我自己嘛。

既然我下定決心從未來回來，今後肯定也有許多事無法靠虛有其表的空話解決。剛才聽到的那件事，說不定將來同樣會在我的團隊內出現。

「稍微調查一下吧。」

其實我不太想打聽。我很想維持好人的形象搞定一切。一問下去多半會自打臉，而且無論如何都會想到貫之吧。

可是如果要認真挑戰……我認為不能對戰敗的紀錄視而不見。

「九路田團隊的導演？噢，是指芝多嗎。」

在加納老師的研究室。一坐在常坐的沙發上，老師便立刻說出具體的名字。

「他具備獨特的點子。表演理論的老師也誇過他，但他不擅長溝通。或許戲劇系的學生會輟學，也是因為溝通不順利吧。」

連老師都知道那女生輟學的事情，說不定老師和該系有聯絡。畢竟這是一名學生因為系所以外的問題輟學，難免引人注目。

「那位演員的女兒……有提到輟學的原因嗎。」

「噢，與芝多吵架之類終究是別人的推測。其實是用排除法，除此之外想不到別的原因。」

原來如此。說得難聽一點，這樣系所就不用扛責了。

「但不論是芝多的發言或舉止，都有人指控他心懷惡意、自私或欺人太甚。擔任製作助理的九路田肯定也相當辛苦呢。」

欺人太甚這四個字總讓我想到某人。感覺這就像我背負的罪孽，讓我無法事不關己。

「你在擔心什麼嗎？」

一瞬間，我的身體顫抖了一下。

「……嗯，有一點。」

貫之離去的原委，我並未完整告訴老師。

一方面是為了保護他的尊嚴，況且即使是老師，我也覺得不應該口無遮攔。

但老師似乎已經發現我和貫之之間發生過摩擦。雖然我感謝老師沒有開玩笑地深究，卻也感到如坐針氈，彷彿一切都被老師看透。

「是嗎。」

老師對我的反應點點頭後，喝了一口咖啡。接著開口。

「我們學校會有學生中途放棄，而且人數很多。其實輟學不足為奇，之前我說過吧？」

「嗯，還說與普通大學不太一樣。」

不只大阪藝大，藝大美大的學生經常中途輟學。因為很多人念到一半就開始從事專攻系所的相關工作，並且認為已經足以靠此維生。事實上也有很多人在輟學後闖出名堂。

不過實際上，的確也有很多學生發生心理或身體上的疾病。每一項課程用到的大腦區域，都與小學到高中的學習過程不一樣。要是身邊同學都比自己更奇特或有才能，當然會讓人更加憂鬱。

「剛才的戲劇系演員也好，如果太在意離去的組員，很容易連剩下的組員都跟著憂鬱。知道吧？」

我發現老師這句話的意思應該包括貫之。

「……好的。」

老師的意思是，叫我別繼續深究這件事。並不是有什麼陰謀，而是某方面來說，這在藝大是很常見的淘汰。所以老師才想叫我別過度介意。

（但我不可能忘記。要忘記是不可能的。）

這件事也與貫之有直接關係。正因為知道他的未來，我才決定繼續堅持走這條路。

可是現在說出來也無濟於事。

「不好意思，謝謝老師。」

於是我向老師道謝並起身。

等我心中得到結論後，再試著找老師討論吧。

「嗯，這次的作業也要加油啊。」

我推開沉重的房門，走出研究室。夏季的太陽曝晒混凝土，蒸騰出熱得要死的溫度。

「熱死了……」

流下滾燙汗水的同時，我在灼熱的氣溫中走回住處。

我現在的心境難以言喻。畢竟「事件」已經結束，不論那位演員的女兒或貫之，一旦輟學就不可能再有什麼行動。頂多只有其他人挖些八卦罷了。

但我卻有不好的預感，總覺得這件事不會就此結束。肯定會藕斷絲連，死灰復燃，然後以不太好的方式再度出現在面前。

到時候我是否能採取適當行動。不，我能不遷就情況，而是堅持自己的信念行動嗎。

即使煩惱接二連三，還是先回住處吧。今天還有許多要說的議題。

總之下次如果見到九路田的話，至少稍微安慰他一下。畢竟我們都身為製作助理。

◇

「要拍攝上傳網路的影片。」

「由我們拍攝。」

「得由我們。」

「拍攝呢。」

「嗯，簡單來說是這個意思。」

我對新・北山團隊的四名組員說明今天的內容。

配合河瀨川和火川的回家時間，我還找了他們來。碰巧兩人都有空，因此決定今天大家一起吃涼涮豬肉沙拉……順便開會。

「要拍攝經常在 Niconico 上看到的，什麼『陰陽師～』的影片嗎？（註1）還要跳舞？」

「不是啦，也沒有要跳舞。」

「難道是MAD（註2）嗎！我倒是了解美少女遊戲的MAD喔！」

「也不是！基本上要拍原創作品，原創。」

果不其然，志野亞貴與火川似乎還沒反應過來。

「該不會要拍攝我唱歌的影片……然後上傳吧。」

奈奈子戰戰兢兢地提問。

「這也不至於。」

「這會成為奈奈子的宣傳影片吧？」

「拜託，就說不是那種影片了啦……不過倒是沒規定不行。」

老師沒有規定不能拍紀錄片，或是非得拍成電影不可。

1　意指新・豪血寺一族的「Let's Go!陰陽師」，由於魔性十足而爆紅。

2　Video of Madness，重新編輯既有的遊戲、動畫再組成的同人作品。

「討厭！我、我才不拍呢！我絕對不上鏡頭！」

奈奈子停下即將要送進嘴裡的肉，使勁搖頭否定。

「我只是比喻而已！況且目前根本還沒決定要拍什麼。」

沒錯，首先得討論這個問題才行。

如果考慮到這次的作業要為了志野亞貴而準備，內容自然與插畫有關。因此不會拍成紀錄片。況且團隊內唯一有機會擔任演員的奈奈子強烈拒絕，當然沒必要強迫她拍片。

如此一來，影片便限制在以插畫為主，添加由奈奈子編曲並主唱的歌聲。考慮到二〇〇七年這個時期，就是指，

（Vocaloid 影片嗎……）

目前 Niconico 動畫正式開始服務還不滿一年。此時 Vocaloid 還很稀奇，應該已經席捲了網路。

Vocaloid 影片還造就了許多繪製形象角色的繪師。以二〇〇〇年中期的流行趨勢而言，與東方堪稱雙雄。

所以可能的話，希望藉機激發志野亞貴的幹勁。

「唔，還是不太清楚呢～」

一邊咀嚼著爽脆的水菜，志野亞貴始終露出不解的表情。

（果然需要能給予繪師刺激的事物吧……）

不知道究竟該提供什麼的我，一臉苦澀地夾起豬肉蘸芝麻醬。

「橋場。」

就在我以豬肉蘸芝麻醬，準備送入口中時，河瀨川喊了我一聲。

「呃，河瀨川。」

「什麼。」

「我很想回答妳……不過我可以先吃蘸了芝麻醬的豬肉嗎？」

河瀨川錯愕地嘆了一口氣，

「吃吧，反正我是個輸給豬肉蘸芝麻醬的女人。」

聽她這麼說我還真難回答，但我決定當成河瀨川在搞笑。

「話說有什麼事嗎？」

依照她的吩咐，等確實嚥下去後我才回答她。

「要拍什麼影片，橋場你已經有點子了嗎？」

河瀨川筆直注視我。

她對我投以這種視線，就讓我略為想到未來的事情，導致心跳加速。

「噢……嗯，算是吧。」

「真是支吾其詞呢。反正你又事先想了不少點子吧。」

在她的面前，真的完全沒辦法撒謊呢。

「河瀨川，怎麼還……」

「要討論吧，好啊。我正好也有些事情想問問。」

「嗯，那就在回程的車上再討論。」

想問的事情？是什麼啊，她會問我想從事的企劃嗎。

「英子，妳要問恭也什麼啊～？真讓人在意呢～」

奈奈子一臉笑咪咪地問河瀨川。話說她不知何時開始直呼河瀨川的名字呢。兩人似乎關係不錯，太好了。

「沒什麼大不了的事。」

「哦～讓人很好奇喔～告訴我嘛。」

河瀨川靜靜將碟子放在桌上，

「肯定不是奈奈子不敢說出口，腦海裡一直在妄想的事情。」

「什、什麼妄想！說得我好像整天都想入非非一樣！」

只不過略為被講了一句，奈奈子便一如往常滿臉通紅。看到兩人的互動，不太明白原委的志野亞貴與火川笑了出來。

由於我不太方便回答，總之只好選擇靜觀其變……

◇

吃完晚餐後，我們看電視看到夜深。由於末班車已經停駛，於是我騎車送河瀨川回家。

「好，那麼彼此路上小心啦！」

一考到普通機車駕照（註3）就立刻買了輛四百ｃｃ機車的火川，奔馳在夜色中離去。

「那我們出發吧。」

然後我打到Ｄ檔，踩下油門。

這是第三次送河瀨川回她家。由於她從老家通勤，大一的時候她從未晚歸。起先我以為她沒興趣，結果一問之下，她難為情地表示「我也想和大家一樣正常玩耍啊」。因此之後我就積極地邀請她。

不過她還是十分努力，即使到了大二，空閒時間幾乎都在觀賞電影或看出。很少答應我的邀約。

今天正好是很少約到她的第三次，

「晚風真涼爽。由於天氣還要熱一陣子，真好。」

3　日本的普通機車駕照可以騎一二五～四百ｃｃ的機車。

「……對啊。」

今天明明要討論，結果卻始終沒有進入主題。若是平時的話，車子騎沒多遠她應該就會冷不防地開口。

她應該不至於還在計較我先吃豬肉蘸芝麻醬。不過今天似乎由我先開口比較好。

「可以開始討論了吧。」

「好啊，要討論什麼？」

聽到她爽快答應，總覺得有些掃興。

「剛才的聚會上妳應該也猜到了，目前有一件煩惱。如果這件事沒有進展，代表其他事情也會不順。所以——」

結果她打斷了我要說的話，

很乾脆地說出了我心中的煩惱。

「是志野亞貴吧？」

「妳怎麼知道的？」

「當然知道啊。連今天說明的時候，你也一直觀察志野亞貴的動向，想辦法營造她會感興趣的話題。」

「我認輸了。」

究竟是她擅長推理，還是我太容易看穿呢。

總之，既然河瀨川已經有頭緒，那就好辦了。以前我也向她提過志野亞貴的煩惱。河瀨川的意見是，可能是燃燒殆盡症候群。

「我的想法是，製作 Vocaloid 影片。」

目前具體內容還是一片空白。但我在試探能不能由奈奈子作曲，志野亞貴幫忙畫插畫——我這樣告訴河瀨川。

她一如往常，默默聽我說完後，

「如果志野亞貴還是現在這樣，我不認為她繼續畫下去是好事。」

果斷地說出我之前也隱約感覺到的事。

「我認為她最愛的就是畫畫，以此為原動力畫出好作品。所以如果缺乏熱情，自然會反應在成品的品質上。」

「妳果然會這麼想呢。」

「嗯，所以我猜想，你多半也無法下定決心吧。」

她說的沒錯。剛才我其實可以一口氣決定企劃到每個人負責的項目。但既然志野亞貴缺乏幹勁，我就算強迫她畫，之後也畫不出什麼好作品。明知這一點還強加於她，是最危險的舉動。

「要是有什麼刺激就好了……若是在企劃階段能找到就好。不過要押寶在未知的部分，風險很大。」

一如河瀨川所說，要靠企劃內容引起志野亞貴的興趣，需要摸索很久。

「關於這一點，反正你肯定有了想法，而且已經付諸行動了吧？」

她繼續說著，然後半瞇眼看向我。

「……算是吧。」

「反正你肯定還無法告訴我。」

「……算是吧。」

就算我說出來，現階段別說成效，甚至只有反效果。

「也對，反正你不敢告訴輸給豬肉蘸芝麻醬的女人吧。」

她果然還在意那件事!!

「欸，那我要說嗎？」

「不用了啦。之所以無法開口，肯定有些原因吧。」

哎，真是的。河瀨川平時明明冷靜又可靠，但她有時候真的滿麻煩的……

（……噢，對了。）

就算沒有刻意觀察，我也發現到了。在十年後未來的她，明確說出對我的好感。

雖然我剛回到過去後，她的反應讓我以為這份好感是後來才培養的。

（如果從這時候就開始有跡象的話……！）

不，現在就算想這些也無濟於事。而且她不像志野亞貴與奈奈子，沒有直接表達好感，可能是我想太多了。

目前她多半只喜歡看我對各種狀況的反應吧。我決定如此心想，並且直接緊緊鎖上不需要開啟的門扉。

「那等你擬定對策再告訴我。到時候我會幫助你。」

河瀨川略為不滿地噘起嘴，呼了一口氣。

（其實我是有想法啦……）

不過我目前在那個人的眼中只是奇怪的學長。這樣下去不會有好結果，我得想個更積極的理由，可是——

等到明天，試著找老師商量後，再想想看如何應對。

◇

「告訴各位一個壞消息。我們美術研究會目前面臨存亡危機。」

在美術研究會社辦的最後方，桐生學長擺出某動畫中登場過，與人型決戰兵器相同的姿勢，開口說道。

「存亡危機的原因就是他！」一旁的樋山學姊狠狠一掌巴在猛然起身的學長後腦杓。

「噗！」

然後學姊以冰冷的眼光，俯瞰用力撞上桌面的桐生學長，

「不用說，原因當然是這個無能部長今年的迎新計畫一樣無效。導致本年度沒有任何新社員加入。」

聽到樋山學姊的話，除了桐生學長以外的社員都點頭同意。

不只美術研究會，大學社團都會在四月的迎新季拉攏新社員加入。像是輕音樂社會教人彈吉他，電影研究會會發電影試映會的門票。宣傳各社團的獨特魅力，並且簡單來說，要拿出好處拉攏新人加入。

關於這一點，該說我們美術研究社非常不利嗎，真難得我們社團竟然這麼沒特色。畢竟強調自己是美術社團，結果卻沒人能講解或教導美術。樋山學姊念工藝系，勉強比較接近，但她專攻的卻是陶藝。

再加上桐生學長的拉人戰術簡直只有反效果。只有超級老好人才會上鉤吧。

不過每年似乎依然勉強拉到一兩名好奇的人加入。偏偏今年沒發生奇蹟，因此今天的議題似乎是不依靠奇蹟，想辦法拉人。

「應該說，希望至少能有一名美術系的社員，這樣才符合美術研究會的社名。」

樋山學姊說著，露出感慨良多的眼神，

「難得想在這個社團學點繪畫方面的知識。結果加入後只有攝影系的笨蛋問我，

知不知道怎麼製作爛P圖。照理說不該是這樣的……」

「體會不到學長的強大，應該是自己資質有問題噗哇！」

結果學長嘴裡被塞紙黏土，變成講話模糊不清的濫P圖王。話說他怎麼對剛加入的女社員提起這種話題啊！

「不過真的很想要美術系的社員呢……」

如果成真，社團就能舉辦正規的美術展覽，也更容易申請年度預算。目前我們社團遭人嘲笑連像樣的美術展都舉辦不了，真可悲。

而且與美術系有交集的話，也有機會接觸齋川美乃梨。雖然這個原因很私人而感到過意不去，但真的希望有美術系的人才。

可是很少有美術系學生加入美術研究會。

「上課被迫畫圖就已經畫得頭昏了，沒人想加入社團繼續畫吧。」

柿原學長就是想一邊在戲劇系跳舞，一邊學習美術而加入。

「如果有系所的學長姊，或許會有學弟妹為了課堂資訊而加入……」

杉本學長平時一直都在發聲，所以才加入可以不用開口的美術研究會。

兩人入社的原因都是想接觸和課堂上不一樣的事物。

或許是這樣沒錯，應該說這才是主因。不過影傳系也有一定數量的學生加入電影研究會，照理說沒這麼糟吧……我希望是。

無論如何，我們面對嚴肅的現實。

事到如今已經沒得挑剔，大家都希望只要有兩隻腳的願意加入就行。別再發生前幾天的可悲小插曲：門口傳來聲音，結果大家一陣鼓噪「有人要加入！」後，才發現是棲息在藝大的野狗。

在我想起如此可悲的回憶時，門口傳來喀噹一聲。

「拜託，又是狗狗嗎？丟個飛盤算了，拜託走開吧……」

就在桐生學長即將草率應負的時候，

「請問……」

難以置信的是，從門口傳來女生的聲音。

「不好意思，請問美術研究會的橋場學長在嗎？」

幾乎就在我回過頭來，望向門口的同一時間。

「啊……！」

驚訝的同時，我看到她後頓時愣住。

剛剛才提到美術系，隱約想起她的時候，她本人正好出現在面前。結果我居然這麼不知所措。

照理說我已經想好，如果在校內巧遇她該怎麼應對，如何為前兩天的失禮道歉。偏偏一旦面對面，我卻愣得像木頭一樣完全反應不了。

齋川美乃梨，連她本人都盯著我，始終保持沉默。

總之得先開口才行。

即使不知道前幾天的誤會是怎麼回事，但我想先解釋。結果在我有所動作之前，

「呀！」

有兩人搶先緊緊抓住她纖細的白皙手臂。

是美術研究會的社長與副社長。剛才兩人還相互對立，上演不負責任與開罵拍檔的小鬧劇。現在卻因為共通目的而集中在來訪者身上。

然後，

「這、這個……」

面對既恐懼又困惑的新生，兩人露出惡魔般的笑容。隨後迎面像機關槍一樣講個沒完。

「「哎呀～同學妳好，來得正好！拜託你先開口的話人家會緊張啦樋山妹先讓我講話行不行！同學妳長得好可愛但如果鏡框細一點就更完美了，下次和我一起哇噗……抱歉喔，真是抱歉！同學妳可以完全別甩這個笨蛋講的話！話說同學妳是什麼系的？我是工藝系，我是攝影系，沒人問你好嗎！總之今天我們要舉辦迎新會來喝一杯吧，啊，不會強迫妳喝酒的放心吧應該說妳就是我的美酒夠了喔你去死一死啦，來吧！話說好像還沒問妳叫什麼名字吧??」」

「啊、啊、嗚哇啊啊啊……!!」

可憐的齋川美乃梨，在兩名氣勢逼人的學長姊的超近距離內面臨強烈的拉攏攻勢。而且已經陷入毫無冷靜期的窘境。

我原本以為要接觸齋川美乃梨會陷入重重困難。結果在命運的捉弄下，以一種很搞笑的方式解決了。

雖然對她本人而言不是解決，而是受苦……

◇

「我叫……齋川美乃梨。」

她自我介紹後，低頭一鞠躬。

在她面前的樋山學姊一臉羞愧，同樣低頭致歉。

「抱歉，我還以為是想入社的新生……」

「不會，畢竟有人拿新生傳單來到社辦，任何人都會這麼想吧。」

齋川回答得有條有理。雖然她散發文靜的氣氛，回答卻很紮實，有禮有句。

「我拉人的品味果然沒錯！」

「你閉嘴!!」

萬年社長絲毫不懂察言觀色，開始放飛自我。副社長聽了氣得罵他。

『非常歡迎美術系學生！尤其是女生！男生別來！』這種出自男人的手筆，滿腦子只想把妹的文稿會成功才有鬼。不過拿這種傳單當成聯絡方式的我也有問題。

齋川略為思考後表示，

「橋場學長是這個社團的社員嗎？」

「是啊。」

其實不是自願的，不過我才不敢這麼說。

「那麼只要加入社團，就比較容易和學長聊聊了吧。」

然後齋川突然起身，面向樋山學姊與桐生學長，

「從今天開始承蒙社團的各位關照，敬請多多指教。」

說完後低頭致意。

「咦!?真、真的嗎!?齋川學妹，妳真的願意加入!?」

「嗯，是真的。」

「太棒啦～!!好幾年沒有美術系的社員了!!」

桐生學長高興過度，開始在榻榻米上滾來滾去。

「齋川學妹，我說啊……」

樋山學姊一臉誠惶誠恐的表情，手搭在齋川肩頭。

「如果那個笨蛋說了什麼冒犯妳的話，不論多微不足道都可以告訴我。我馬上宰了他。」

「好、好的……」

齋川不安地點點頭。

「哎呀～拉新人入社的階段終於結束啦。」

「今天我要唱歡喜的栗子滾呀滾（註4）囉！」

柿原學長與杉本學長都露出放心的表情。

學長社員歡天喜地中，

「齋川，呃，妳怎麼會……」

我正想問她怎麼會為了我而加入，

「因為我在各方面都不喜歡拐彎抹角。」

「啊？」

「所以今天是來創造起點，或者該說契機的。」

「是、是嗎……」

她究竟想弄明白什麼呢？從剛才這番話很難推測事情的全貌，但總之成功認識了

4　日本童謠。

她。

「好，總之來舉辦迎新會!!柿原、杉本，去採購吧!!」

「好！」

「明白！」

學長們似乎立刻著手準備迎新會，腳步輕快地外出。他們可能去大藝大正對面的超商了。

「啊~真是開心……真開心，終於有美術系的新生入社……這樣就能期待像樣的學園祭了……！」

喜悅門檻超低的樋山學姊激動不已。雖然想到之前的困境，她會這麼感動也無可厚非。

總之演員都到齊了。接下來就看如何營造情況。

◇

志野亞貴有課，所以晚一點才來社辦，另外不知為何還找了奈奈子來。美術研究會固定的迎新會依照慣例，在靠近社辦樓的小丘陵上舉辦。

「音樂系三年級，杉本三樹雄！我要唱栗子滾呀滾！」

「戲劇系四年級，柿原將！我要跳舞啦——！」

面前上演的光景幾乎與去年相同。我總覺得這場迎新會才是嚇跑新社員的原因。但是過了一年後回頭看，卻覺得這活動還頗有趣，或許習慣就能適應了。

不過對於剛入學的新生，迎新會的門檻的確很高。事實上，新社員應該是今天的主角，結果她卻在眾人圍成的圓圈中央，同時感到相當困惑。

「抱歉，大家老是這樣。」

坐立難安的我，決定主動靠近她聊聊。

「噢，不會。很有大學社團的感覺呢，我反而很感動。」

齋川迅速調整表情，但她剛才顯然還很混亂。她會在奇怪的地方振作呢。

我坐在旁邊後，齋川立刻開口。

「其實我……是有事情才來社團的。」

說完她望向我，

「橋場學長，你之前說過需要我，請問是什麼事呢。」

她似乎清楚記得我之前說過的事。

「妳是來問這件事的嗎？」

齋川表示「嗯」並點點頭。她的視線透露堅定的意志。

我真正的目的是讓志野亞貴與齋川見面。認識彼此，相互較勁，讓志野亞貴重拾熱情，齋川也能提升水準。

但這終究是我的想法，就算我坦承以對，她也沒理由將素昧平生的志野亞貴當成切磋的對象。

所以我決定一點一點掃除障礙。

「之前我曾經與爬上藝坡途中的妳相撞，還記得嗎？」

「不……雖然我記得曾經撞到人，難道當時是學長嗎？」

露出恍然大悟的表情後，她害羞地閉起眼睛。

「學、學長該不會……是那款遊戲的相關人士？」

答案是肯定的，不過現在提起那件事可能會有點麻煩。而且她應該也不希望這樣。

「妳的素描本偶然開啟，當時見到的那幅畫讓我留下了印象。」

「那幅畫嗎？其實畫的內容不怎麼樣……」

「或許妳這麼想，但對我而言卻不是。」

即使時間短暫，她的畫的確給我留下深刻的印象。雖然之後由於驚訝的事實，導致這件事略為被塞進記憶深處。

「就算不是現在，總有一天我也打算拜託妳創作。所以才主動找妳。」

即便齋川認真聽我說，但她似乎尚未完全接受。

也難怪她懷疑我利用「這種藉口」接近她，其實圖謀不軌。她願不願意相信我，完全得看她的判斷。

「其實我還沒有完全相信學長。」

「咦？」

「我要測試。加入社團後，我會仔細觀察學長。弄清楚學長是不是真的為了創作才主動找我！」

齋川對我露出犀利的視線。

「噢，好的，請多多指教……」

「嗯，請多多指教。」

然後她低頭致意。該說她彬彬有禮還是內心強韌呢，我再次體會到，她果然在十年後會成為大咖繪師。

既然知道她在想什麼，於是我從她身旁轉移陣地。混亂的迎新酒會夾雜在歡呼聲，或者說叫聲與嬌聲之中，有一名女孩表面上已經相當融入，卻視線朝上環顧四周，同時無所事事。

我向她打招呼後坐在她身旁。

「大家理所當然地找我參加，不過這樣好嗎？」

奈奈子只是看起來像派對咖，內在其實是純樸少女。

「放心吧，連陌生人都比社員更享受呢。」

和去年一樣，桐生學長的朋友冷不防跑來參加酒會。若是怪罪學長的話，總覺得會挨罵破壞氣氛，看來也甭怪學長找外人參加了。

聽得奈奈子鬆了口氣表示「那就好」，

「所以恭也你之前說的新生，就是她嗎？」

然後端起杯子以手指了指，繼續開口。

指向身處酒宴人群正中央的女孩。

不用說，當然是齋川美乃梨。

「嗯，沒錯。她是眾人期盼的美術系新生，美術研究會難得的人選。所以學長們才玩得比平時還ＨＩＧＨ。」

至於我在找齋川這件事，我決定瞞著奈奈子。畢竟要說明可能有些麻煩，而且多半沒好處。

「唔……」

奈奈子略為紅著臉，同時喝了一小口紙杯裡的柑橘味雞尾酒。

「真是可愛呢。」

「咦？」

我反問後，奈奈子再度喝了一口，這次是一飲而盡。然後她又倒了一杯。

「她很可愛……瞞不了我的眼睛。那女孩很可愛。眼鏡底下的她具備相當高水準的美貌。略為振作又堅強的感覺反而能激起保護的欲望，長裙也散發讓人想掀起來的性感。沒錯，她那樣很性感。」

「呃，奈奈子？」

話說對喔！她已經二十歲，所以可以喝酒了嗎！雖然法律上允許，但她對酒精毫無抵抗力耶！

「其實我看得出來!!」

然後奈奈子一把捏扁空紙杯，抓住我的衣襟。

「你啊，居然又用這種方式找到新的可愛女孩。反正肯定溫柔體貼地照顧對方，不知不覺中偷偷將她納入自己的掌中吧！對不對？」

「哪、哪有啊！實際上我和她還沒聊過幾句啦。」

「是喔——意思是已經勾搭上了，連聊都不用聊了嗎！喂！為什麼都不覺得這種天真無邪又直接的方式，會害許多女孩流淚啊！喂！別轉過臉去，看我啊！」

啊，慘了。奈奈子不停說出平時的她不敢講的話。

心想她可能不小心會說出事關尊嚴的話，

「奈奈子，總之先別喝酒了，喝點水休息一下吧？」

想改變氣氛的我，提議讓她到別的地方休息。

奈奈子卻轉過頭去，吁了一口氣。心想她似乎嘴裡在嘀咕些什麼，我湊過耳朵聽。

「咦，奈奈子，妳剛才說什麼？」

結果，

「……我。」

「啊？」

「也親我一下，然後緊緊抱我。你願意這麼做，我也會安分一點。」

不知不覺中，奈奈子恢復認真的表情。不，不只認真，眼睛還有點濕潤，而且對我露出央求的表情。

「呃，這……」

我頓時無言以對。

完全沒料到奈奈子會在這個時機，認真提出這種事。說不定她根本就沒醉，而是假裝喝醉，想找機會給我決定性的臨門一腳……

我彷彿著了迷般困在原地。現場的氣氛如果我不採取行動或說些什麼，絕對脫不了困。

這可不是鬧著玩的。如果我不說清楚，對她也很失禮。

於是我拚命在腦中整理回答，以應變她的任何問題。包括我自己在想什麼，關於戀愛，以及關於志野亞貴的問題。

「奈奈子，我……」

在我下定決心開口時，奈奈子整個身體靠在我身上。

「哇、哇咧……」

出乎意料的直接攻擊，讓我直接喊了出來。

怎、怎麼辦。如果奈奈子主動發揮積極攻勢，我還真的無計可施。

「奈、奈奈子……」

只見她的氣息愈來愈粗重。感覺肩頭火熱，甜美的氣息逐漸融化我的腦。紅潤的頸部十分鮮明，而且呼吸——

「奈奈子？」

「呼……呼……嗯呣……」

緊張的氣氛頓時化解。

「樋山學姊～」

這種情況只能交給女性處理，類似以毒攻毒。

「嗯？怎麼了，橋場學弟？」

「奈奈子醉到睡著了，能不能幫我照顧她一下？」

解釋後，我拉開奈奈子塞給樋山學姊。

「哦，我知道了~來，奈奈子，過來這邊。」

樋山學姊將奈奈子拉進懷裡，輕摸她的頭安撫她。

「呼姆……嗯……」

奈奈子似乎不知道發生了什麼事。但是不久後便放心地緊緊摟住樋山學姊的身體，脖子無力地一歪。

樋山學姊這才鬆了口氣，

「安分多啦。」

「謝謝學姊，幫了大忙呢。」

不愧是見過許多次酒醉者的學姊。

「不過她真是親近你呢。平時明明不會這樣。」

「她喝了酒就會變一個人，該說喝酒就特別黏人嗎……」

她連燉牛肉裡加的酒都會醉，早知道就該好好叮囑她。

樋山學姊撫摸在懷中發出呼聲睡著的奈奈子，

「……總覺得不只這樣而已呢。」

「咦？」

「沒什麼。總之橋場學弟，要小心別變成女生的公敵喔。」

說完後向我揮揮手，示意「去別的地方吧」。

我也離開現場，前往其他人群。

（樋山學姊似乎已經看穿了……）

畢竟目睹到女生主動要求男生親自己，不需要推理都知道兩人的關係。話說奈奈子剛才是不是說了「也」字？照理說她應該不知道我和志野亞貴的事……

總之照這樣看來，審判之日可能不遠了。甚至可以預測到，會在意想不到的地方爆炸。

「不如說我應該……主動坦承嗎。」

要解釋清楚似乎得花相當多體力。

如果上街做問卷調查，一百人大約會有五十八人認為錯的人是我，原因也出在我身上。不過我現在還是想專注創作，就算有人罵我是不懂他人心情的大壞蛋也一樣。

我可不是為了談情說愛而回到過去。

「齋川她人呢……噢，找到了。」

她剛才還在大批人圍繞的中央緊張不已。目前則在不遠處與志野亞貴一起屈膝坐地，聊得正起勁。

「哦～原來妳是美術系的啊，妳是畫什麼樣的畫呢？」

「這、這個啊，之前我都是畫鉛筆畫。不過上大學後覺得油畫非常有趣。」

「真了不起，我聽說油畫很麻煩，所以一直沒嘗試過。下次可以教我嗎？」

「當然好啊，不過我也才剛開始學習……」

看來不需要我介紹，兩人已經聊了起來。

（太好了，原來兩人有交集啊。）

聊到的繪畫也是兩人的交集，而且似乎十分起勁。還聊起相當專門的內容，比方說該怎麼畫，筆繪和數位有什麼差別。

「總覺得真不可思議。」

十年後的世界中，兩人在素昧平生下相互影響。不過現在是以學姊與學妹的身分直接對話。

由於我在二〇一八年的世界體驗過，在二〇〇七年的世界，我才有機會安排兩人見面。雖然我不知道以結果而言，這樣究竟是好是壞。

「哦，油畫似乎也很有趣呢。我也想試試看。」

「嗯，亞貴學姊也務必嘗試看看。我想見識學姊的畫！」

我希望如今面前的兩人有一場幸福的邂逅。

（對了，試著提起那件事吧。）

就是我在這個時代，認識她的契機是什麼。得告訴她，志野亞貴就是春日天空的原畫負責人。

我朝兩人走進一步，

「噢，對了齋川，志野亞貴她啊……」

正準備插嘴時，

「不行喔，恭也同學。我還在說話呢。」

結果志野亞貴直接打斷了我的話。

「噢，抱、抱歉…」

「呵呵，美乃梨不會交給恭也同學你喔～」

志野亞貴說完咧嘴一笑，跟著緊緊摟住齋川。

「亞、亞貴學姊……」

齋川似乎也並未抗拒。即使她一臉害羞，依然輕輕伸手搭在志野亞貴摟住自己的手臂上。

（算了，下次再提吧。）

秋島志野與御法彩花。

原本互不相干的未來，在這一瞬間化為一條路線。

（現在終於來到了起跑線吧。）

這條路線今後究竟會有好結局，還是壞結局。包括我在內，沒有人知道這一點。

可是我會盡自己所能。為了讓寫在便利貼上的可能性化為現實。

第二章　「我，煩惱不已」

齋川入社後過了三天。

目前她天天在社辦露臉。不忙的時候會幫忙整理散落在社辦的畫具，或是教志野亞貴油畫，似乎很快就展現出存在感。

「總覺得這才是真正的美術研究會！不過好無聊！」

姑且不論本末倒置的社長，樋山學姊似乎真的非常開心。

而我也達成了讓志野亞貴與齋川接觸的目的。雖然還要看今後的發展，不過最初的準備十分順利。

我沉浸在舒暢的成就感，同時今天依然爬上藝坡。

斜坡充滿了許多啟發，我個人非常喜歡。上坡與下坡有不同的風景，光是連結彼此的坡道就充滿了戲劇性。如果中間有彎道，還可以上演前途不明的橋段。

所以世界上有非常多故事以斜坡為主題。不只真人電影或電視劇，還有許多動畫或遊戲等媒體。連美少女遊戲都有直接在標題中加入斜坡的作品。

「不過實際爬上來後，覺得夏天爬坡真是難受！」

誰在斜坡頂端建校舍的啊，簡直是虐待狂。就算有學生巴士幫忙載運，可是碰上外出購物或時間對不上，就經常得靠雙腿爬上爬下。每爬一次，缺乏運動的學生雙腿就廢了。

我想表達的意思是，這條斜坡也該裝臺電扶梯之類吧。從使用者介面、使用者經驗的觀點出發，設計成更便利通行的校園……

「……咦？」

前方突然出現熟悉的背影。

一頭黑長直秀髮，裙子還長得驚人。而且她的走路方式很獨特，反覆小跑步跑了幾步後又停下來。

「是齋川。」

目前時針正好指著九點。難道她今天第一堂也有課？

第一堂課九點二十分開始，所以會在這時間上學，代表第一堂有修課。

本來想上前打招呼，但她的舉止卻讓人有點在意。

「她在留意什麼嗎……」

走了幾步路後，她對四周特別提高警覺。看起來感到不知來自何方的視線，只見她望向遙遠的地方。發現什麼也沒有後放下心中大石，卻又深深嘆了一口氣。

（她究竟在留意什麼呢……？）

一瞬間我還以為是我，但我應該成功消除了她對我的厭惡感。雖然是否得到信任，要看我今後的舉止，但她也不至於突然對我東躲西藏……應該吧。

在我思考的期間，齋川似乎已經走掉了。即使我對她的舉止感到疑惑，依然走向要上第一堂課的九號館。

◇

「所以說，美乃梨在躲避恭也同學嗎？」

「呃，應該不至於吧……希望如此。」

我告訴志野亞貴前幾天的事情，結果她的回答比我想像中還直接。當然她沒有任何惡意啦。

「與其說她不喜歡恭也同學，說不定她不太喜歡男人。」

志野亞貴歪著頭，同時提出新見解。

（她的舉止好像的確在提防某人呢……）

之前在工作室遇到她，根據她當時的反應，可能受到了某人的騷擾。

「所以等美乃梨習慣你之後，或許就能正常地開口了。大概是怕生吧？」

「希望如此。」

她這番話也有道理，所以我決定連同期望在內，觀察情況的發展。但如果真是這樣，她的過去可能也有些沉重……

在我煩惱齋川的事情時，教室門開啟，老師走了進來。

「開始上課了。今天的動畫實技要講評，所以會依序上映大家的作品。」

今天第二堂課是影傳系的主修科目。

影傳系一、二年級是學習基礎的期間。會教授影視相關的各種知識，包括實技。動畫實技也是其中之一。在課堂上教授影片的基本知識，並且隨處實際製作並上映。今天就是上映日。

「哎……老實說，要放映自己沒有自信的作品，真是難受呢。」

我曾經有樣學樣地描繪線稿，以及上色。但我的技術當然不足以從零基礎學會畫圖。

「所以才要學習啊，沒辦法吧。」

坐在我身旁微笑的女孩當然會畫畫，肯定創作了優秀的作品。所以她才游刃有餘。

接著開始上映大家的作品。

至於我的作品，還是別提了。雖然老師出的作業是畫人物，但我都畫盒子或書本等無機物的特寫畫面。人物也沒有畫全身，結果受到老師嘲笑：「居然投機取巧！」

在我的作品後隔了兩件作品，第三件作品則震撼了所有課堂上的學生。

「接下來是……志野亞貴的作品。標題是『轉圈圈』嗎。」

老師說明後，會場變暗，開始播放志野亞貴的作品。

結構很單純。畫面中出現人物，鏡頭則在身邊圍繞。的確一如標題，內容只有「轉圈圈」而已。

不過超強的重點在轉圈圈以外。主演人物從小嬰兒變成小孩，然後長大，接著變老。整個過程速度很快又自然，在各處重點還利用運鏡巧妙地拉近又拉遠。

最引人注目的是描繪的功力。雖然是黑白動畫，卻沒有漏掉影子，輪廓也沒有亂掉。一直看著志野亞貴畫畫的我，某種意義上會覺得這樣的等級很正常。不過第一次見到的同學似乎相當震撼，上映過程中紛紛驚呼。

結束後，在點亮燈的教室內，老師表示。

「志野該不會有當動畫師的哥哥或姊姊吧？」

班上傳出笑聲，但這應該算是最棒的稱讚。

因此動畫實技的第一項作業，志野亞貴得到了Ａ＋的成績。

「動畫很花時間呢，非常辛苦。」

下課後志野亞貴表示，並且吁了一口氣。

「但是能堅持到最後一刻，了不起喔。即使是動畫作業，妳依然能確實完成，真是佩服妳呢。」

畢竟她最近不論做什麼，感覺都不太開心。能見到她拿出這麼棒的作品，老實說我很高興。

說不定動畫就是能刺激志野亞貴幹勁的線索吧……我本來還這麼想。

「這個啊……感覺還是因為這是必修課吧。」

試著深入詢問後，卻得到空歡喜的回答。

「要畫的話，還是畫一張圖比較好。最好能讓看的人聯想到前後的劇情。」

我也有同感。

志野亞貴的畫具有故事性。我這麼說可能聽起來很廉價，但她真的有很多作品，能讓觀眾想像到畫中的前一刻與後一刻時間。

所以清楚畫出前後時間的動畫，或許在她心中反而會覺得「有點不太一樣」。

「是嗎，不過妳畫的作品很有趣啊。」

「嗯，謝謝你。」

即使志野亞貴笑著回答，依然看起來有些寂寞。似乎沒有完成自己心中的頭緒。

能讓她拿出「真本事」的事物究竟在哪裡呢。

看來還得再費一番工夫尋找。

下一堂課我和志野亞貴修不同的課，於是我們在教室前道別。

「晚餐要吃什麼？放學後我要出去買。」

「唔～那可以幫我做漢堡排嗎？」

「好啊，那我先準備一下。」

我點頭同意後，志野亞貴當場高興地蹦跳，

「太好了！恭也同學做的漢堡排很好吃，我很期待呢～」

然後說了聲「拜拜～」便活力十足地去上下一堂課。

目送她離去的同時，我想起之前與她共度的時光。

（志野亞貴……她那時手藝變好了呢……）

目前在這個世界，我的手藝比較好，不過在未來變成她更好。過了分歧點再經過長達十年的光陰，竟然會有這麼大的差別啊。

人與人的能力差距其實不會太大。在一項領域足以傲視群雄，勢必對其他方面生疏。

繪畫在志野亞貴的心中占了絕大多數。但是後來失去這一塊後，就多了心力可以思考廚藝與照顧孩子。

「照這樣看來，目前可能暫時無暇學習下廚吧。」

現在的她連泡麵該加多少熱水都會忘記測量。

「橋場！」

身後突然有人喊我，我回過頭一瞧。

只見依然興奮不已的九路田站在我身後。

「喂，剛才上課的時候，你看了志野的作品嗎!?」

「噢，嗯，當然。」

「她的作品超強的耶。線條有力，畫風又凸顯個性。而且連細微動作與表情都仔細刻劃，在別的作品根本看不到。比其他作品超前了不只一個檔次耶～！」

九路田語氣相當興奮，滔滔不絕地說。

我則感到有點意外。之前聊到他們創作的作品時，與其說有點冷淡，更像是站在極為客觀的角度。

不過現在的他有點渾然忘我，或者說相當熱情地稱讚志野亞貴的作品。

「志野以後會走動畫這一行吧？有那麼強的才能，肯定沒錯。應該說已經確定要進入動畫界了吧！」

「唔，不過志野亞貴目前應該不會進動畫界。」

「啊？真的假的，為什麼啊？」

他露骨地表示意外。

畢竟剛剛才看過那麼優秀的作品，他的反應在意料內。

「而且她對動畫沒什麼興趣。」

我告訴九路田剛才志野亞貴說過的話。

如果他聽了我的話後反應是「哪有啊」，或許滿沒禮貌的。不過他聽的時候表情非常認真。

然後他以極為冷靜的語氣表示，

「應該是因為志野的心中還缺乏構成與編輯的想法吧。」

「構成與編輯？」

「沒錯。影片也一樣，有些影片能讓觀眾聯想到前後的時間，但也有畫蛇添足的爛片。所以只要見識過既有動作又沒有冗餘的作品，她肯定也會對動畫產生興趣吧？」

「或許……是吧。」

聽他這麼一說，志野亞貴的作品的確缺乏開始時的驚奇，以及結尾部分的昇華。影片的壓倒性技術力讓這兩個缺點不太起眼，但的確缺乏連貫性。

「若能一邊分析洗鍊的影片，同時仔細鑑賞的話……嘻嘻，或許可以大大扭轉志野的想法喔。」

「這樣或許很有趣呢。」

回答的同時，我略為感受到衝擊。

之前我一直尋找志野亞貴想做的，感興趣的事物。支援她明確指定的事物，這就是我的想法。

但是九路田不一樣。他著重在考慮志野亞貴的資質，該怎麼做才能激發她的興趣。

這種看法很像擁有強烈主張的製作助理。不過他並非一股腦硬塞，會分析研究再引導出提議，我缺乏這種視角。

語氣粗魯又粗枝大葉的他，怎麼會潛藏這種冷靜的判斷啊。我比之前對他更感興趣了。

或許他比我對他的既定印象更加正經。

「我希望將來能和志野聯手，一起嘗試創作。」

「啊？」

「沒關係吧？志野又不是團隊的私有財產。只要她感興趣，我可以自由拉她加入吧？」

他這句話擺明了挑戰，但他的眼神炯炯有神地充滿了幹勁。他的語氣不斷透露出發現了某些新事物，而且著急得坐立難安。

「……這個啊，不是我能決定的。」

「就是說嘛！噢，這樣好了，可以推薦她幾部我個人喜歡的黏土人或短篇動畫嗎？」

「反正我也不能限制她。」

這時候鈴聲響了。是即將開始上課的預備鈴。

「哦，我得去上下一堂課了，先走啦！」

「噢，嗯。」

九路田一如往常捉摸不定，跑向其他教室。

「話說我忘記安慰他那件事了……」

雖然我覺得他似乎也不需要安慰。

◇

桐生學長從座位上站起身，

「現在召開超重要祕密會議！」

如此高聲宣布。我倒是想吐個無關緊要的嘈：在炎熱天氣中大開入口門與後方窗戶，然後宣布超重要祕密會議，不是很奇怪嗎。

「關於學園祭要推出的節目。」

樋山學姊無視身旁的社長，繼續說明。

「去年被這個笨蛋攪得一團亂，所以今年必須有我在場才能決定。有人有意見嗎？」

雖然學姊身旁有人偷偷舉起小指，

「那就少數服從多數囉。好，來決定要舉辦什麼活動吧。」

很難相信美術研究會直到前年還有正經展出。有美術展覽、販賣相關小飾品、圖鑑等，是相當普通的美術研究會活動。

結果去年以糟糕的方式打破了慣例。舉辦過於露骨的女僕咖啡廳，當然遭到了文化系社團聯盟盯上。罵我們美術系社團怎麼可以舉辦這種活動。

可是批判聲卻在不知不覺中消失。現在甚至傳出「今年也來辦吧」、「要舉辦就乾脆販售預約券」的意見。

「為何這麼輕易顛覆了輿論啊？」

心中有不好預感的我，依然詢問樋山學姊。

「因為這個大笨蛋用烤肉或高級甜點，收買了其他文化性質社團的社長！」

「好、好痛好痛樋山妹好痛啊～」

現場上演怒氣爆表的鎖頸技。

……還真是不出所料呢。

「不過以做事不顧後果的桐生學長而言，這一招真是精打細算呢。」

「只要和自己的願望有關，這個人的智商就會暴增。」

這也非常合理。

「今年如果沒有意外，很可能也會舉辦女僕咖啡廳。所以希望所有社員集思廣益，提出好點子。這是很迫切的問題，最重要的是，別讓這個人的陰謀得逞……」

一臉苦澀表示的樋山學姊身旁，露出賊笑的社長看起來好欠揍。

不過多虧去年的女僕咖啡廳，社團的確增加了不少收入。因此今年可以購買畫架或畫布等材料。而且也找到了地方，可以保管以前的學長姊留下的作品。

社長唯一具備的就是生意頭腦，或者該說神祕的直覺吧……雖然不想承認。

總而言之，名義上超祕密的公開會議，或者該說反省會很乾脆地結束。

「對了，先幫我告訴大家。如果面對無可避免的最糟情況，實在無計可施的話，可能會舉辦像去年一樣的活動。」

樋山學姊對我說。她真的很不想舉辦女僕咖啡廳呢。

「知道了。不過這麼一來……齋川也要幫忙吧？」

我一提，學姊的表情變得更難看。

「……剛入社沒多久就要被迫扮成女僕嗎……若是我的話會想退社呢。」

「那就別通知她？」

「那個大笨蛋絕對會拉齋川下水。如果要辦的話再一起說明。」

我們彼此嘆了一口氣，就此決定「那就這樣吧」。

話說齋川在未來的興趣是Cosplay吧？

（說不定會在社團覺醒這種興趣呢……哈哈。）

該說對齋川過意不去嗎，這也太剛好了吧。如果沒事就好，不過保險起見，還是擬定企劃好了。

正當我起身準備離開社辦時，

「橋場學弟，可以來一下嗎。」

出乎意料的人向我開口。

是社團最帥，卻又最可惜的柿原學長。

「嗯……請問有什麼事嗎？」

「嗯，有些事情想找你談談。」

「啊，那我坐下來囉。有什麼事嗎？」

可是學長平靜地搖搖頭，

「在這裡不好開口，你到鐵鍬等我。」

指定藝大生都熟悉的咖啡廳後，迅速離開了社辦。

「什麼事啊……？」

在我心生疑惑的同時，感到之前那股難以言喻的不安逐漸在心中擴散。

柿原學長目前就讀戲劇系的舞蹈學程。

連我都知道，這個系所的課程在大藝大也相當特殊。應該說一如系所名稱，上課內容是跳舞，作業也是跳舞。進入系所後，天天跳舞跳個沒完。

因此柿原學長也經常在美術研究會的社辦跳舞。至於突然在新生歡迎會上獻舞，然後直接跳到吐……算是他的特色，但也是舞蹈學程的學生獨特的一面。

戲劇系除了舞蹈學程以外，還有培養布景與製作人的劇場設計學程，以及表演藝術學程。這項學程的內容就是拚命學習表演，選修學生的出路當然就是演員。

唯有這項學程的學生與影傳系有些交流。演員能表演的地方當然是舞臺或戲劇。因此影傳系學生要找演員在影視作品中表演，雙方自然產生交集。

然後——

之前學生輟學那件事，似乎也延燒到這裡來。

「我就開門見山說了。你這一屆有叫芝多的同學嗎？」

一抵達鐵橇咖啡廳，柿原學長立刻一臉嚴肅地問我。

「……嗯，有。」

柿原學長很認真。平時舉止很歡樂，經常和桐生學長這種耍寶人物廝混。不過他很重視人情世故，會像弟弟一樣照顧小他一歲的杉本學長，還會毫不避諱地有話直說。去年學園祭上歌手放鴿子，學長也相當生氣。聽說結束後學長一個人跑去歌手的經紀公司罵人，還讓相關負責人確實登門道歉。

表演藝術學程的某位新生遭到波及一事，柿原學長也與該事件有關。也難怪他會這麼生氣並採取行動了。

「她曾經前途無量。」

輟學的學生名叫松永累。

去年剛入學沒多久就迅速嶄露頭角，成為眾人話題中的一年級新星。悟性很強，而且對表演以外也求知若渴，和其他學程的學長姊都有交流。聽說她也見過柿原學長。

「她的好奇心很旺盛，對什麼都感興趣且投入。是很有趣的學妹。」

她對影傳系學生發出的徵人啟事也感興趣。因此自告奮勇答應九路田團隊的主演應徵。

「她當時很有幹勁呢。實際上我也看過影片，拍得真的很棒。可是……」

沒多久她就輟學了。當初老師們也大力挽留她，代表她真的很有才能。

「我聽到傳聞說，逼她輟學的就是那部影片的導演。我很想罵他兩句，他到底在搞什麼鬼。」

然後柿原學長說了句「可是」，頓了半晌後，

「但影片是屬於導演的。雙方一定會有衝突，如果因此受挫就輟學，那麼原本也待不了太久。這我也明白。」

任何團隊都經常聽說導演與演員意見不合。甚至也有人認為，這樣拍出來的作品才會好看。

「不過那女孩……松永她沒有那麼脆弱。在表演上不論受到多少挫折，她都能勇敢面對。所以我實在無法相信。」

柿原學長認為，那位叫松永的演員肯定在表演以外的部分碰上了什麼麻煩。而且推測部分原因就在芝多這個導演身上。

「所以有件事情想拜託你幫忙。」

「請問……是什麼事呢？」

「那個叫芝多的導演，目前好像幾乎都沒來上課。所以我到系上去堵人也沒堵到他。」

雖然情況不一樣，原來柿原學長也和我之前在美術系一樣，跑去堵人啊……

「所以我心想，從同系同屆的你身上比較容易打聽到情報。我不會要求你帶他來，如果你知道他的消息，希望也可以告訴我。」

畢竟事關個資，一瞬間我煩惱是否該輕易答應學長。不過柿原學長值得信任，而

且又沒恐嚇說一見面就要揍對方。

想知道究竟發生了什麼事。我很明白學長的心情，如果換我面對相同情況，應該也會採取和學長差不多的行動。

乾脆幫學長一個忙吧，我下定決心，

「我知道了。那如果掌握到情報再通知學長。」

柿原學長這才面露微笑，

「謝謝，我知道學弟你很可靠，放心了。」

彷彿鬆了口氣，一口氣喝光剩下的可樂。

（可靠……是嗎。）

我想柿原學長這句話應該出自真心。可是聽在我耳中卻覺得有一絲苦澀。

在學園祭的時候，柿原學長也和貫之有交流。

我想起學長誇過貫之是好人，還說貫之很誠實。如果學長知道害貫之離去的人就是我，還會這麼相信我嗎？

這起事件其實發生不久，和我沒有直接關係。問題是愈深入討論，我就愈覺得好像對我的考驗。

社團的女僕咖啡廳姑且不論，柿原學長的事情讓我思考了許多。

好不容易考進大學卻輟學不念，究竟要多絕望才能下定決心呢。不用說，貫之就做出了這樣的決定。造成他絕望的人是我。不知道那名導演究竟讓輟學的演員女兒面對什麼樣的絕望。

愈想這件事，愈覺得一股黑暗在心中逐漸擴大。就算曾經堅定發誓絕對不會忘記，也會難以承受始終縈繞在心頭的沉重負荷。

「想回去一趟整理一下思緒……嗯？」

在我即將從學校正面出口走下藝坡時。

正好在十公尺外的不遠處，見到熟悉的人經過。

「橋場！怎麼邊看斜坡邊沉思啊！難道被甩了嗎？」

有人用力在我背上一拍。在這所學校裡，只有一個人會這樣纏著我。

「火川，你正要回去嗎？」

「嗯，對啊！今天剛好要去個地方！」

火川元氣郎總是充滿活力。聽說他和社團的性感學姊終於進展到可以相約吃飯。

平時就很ＨＩＧＨ的他經過磨練後，更是精力過剩。

「哦，對了！橋場現在可以陪我一下嗎？」

「去哪裡？」

「車站前一間叫 Moon Rabbits 的店啊！四月剛開張，我一直想去看看，但始終沒機會去。」

Moon Rabbits，月兔嗎。哦，難道是餐飲店之類啊。

「好啊，今天感覺想喝幾杯，走吧。」

「嗯，畢竟你也成年了！那就決定啦！」

「等、等一下，不要拉我啦！」

我被火川抓住肩膀，直接硬拉下藝坡。

距離大藝大最近的近鐵長野線喜志站，是很普通的地方線路車站。上下車的旅客幾乎都是藝大生，在地居民不多。

這種車站的站前馬路也沒有太多店家。只有一間從以前開到現在的超市，名叫太陽廣場。還有美容院、小型書店、房地產公司與便利商店等固定店家。

正因如此，站前有新店開幕對藝大生而言可是大新聞。如果是提供大份量的餐飲店，會特別受到體育社團的學生歡迎。若是遊樂設施、書店或遊戲專賣店的話，文化社團的人會馬上去報到。

所以我原本對火川捎來的消息很感興趣。

「抱歉，我還是不去了。火川你自己去吧。」

「喂，都到這裡了為何打退堂鼓啊！你要是一起來的話，我也比較有膽量耶！」

剛才態度積極的我急轉直下，突然不想去那間店了。

「有哪裡不滿啊。第一次消費打七折，日式西式中式餐點豐富，還提供酒類。店員個個年輕又可愛，還很懂得待客耶！」

火川還想拖我上門消費。即使我無能為力，依然一邊抵抗，

「對啊，很棒沒錯。因為那間店是女僕咖啡廳！」

沒錯，火川說的那間新開店鋪居然是女僕咖啡廳。

「有什麼關係！這年頭連難波和梅田都有女僕咖啡廳了啊！」

「有是有，但依然不算普通餐飲店吧！你看看那張照片！」

店員的照片貼在店外裝飾。是穿著制服的全身照片，

「這麼短的迷你裙，簡直就像特種行業嘛！」

裸露程度這麼高的女僕裝，散發出一不小心就會變成限制級的氣氛。

「……要這麼說也可以！」

火川終於也坦承不諱。反正我也不認為他還能硬拗。

其實這種店倒是無所謂。只要沒有犯法，我也沒必要說壞話。可是我們才剛滿二十歲，去這種店還是會心生牴觸。

等年紀再大一點，和年輕女孩完全沒有交流後再去這種店吧……
在我突然想起自己二十九歲時，
「所以我還是不去了。」
明確表示拒絕。
可是火川依然不依不饒。
「為什麼啊！你們社團的桐生學長甚至有辦年票耶！」
他對這方面還真是滴水不漏！
「不要拿我和桐生學長相提並論，何況會來這種店的……」
正要說「顧客」兩個字的我，看了一眼店鋪的側面。
五層樓的建築側面，電梯大廳的旁邊有一條窄巷。我發現有兩人在該處大聲爭執。
「那是怎麼回事？」
與照片打扮相同的女僕正在和某人吵架。雖然看不出另一人的身分，但應該是高個子男性。
「有點奇怪，情況不對勁。」
似乎連火川都感到氣氛不尋常。
四周已經暗了下來。我看不清楚兩人的表情與模樣，但只有聲音傳過來。內容大多是「不要靠近我」或是「為什麼你始終不明白」，聽起來不太安全。

然後，

「呀，請你住手!!」

浮現在陰暗處的輪廓，可見男子抓住女孩的手臂。

「火川！」

「來了！」

我們很有默契地衝上前。筆直跑向兩人後，

「喂！你在做什麼!!」

火川大聲怒吼，撞飛了男子。

「唔……！」

男子對火川的衝撞感到害怕後，隨即直接逃往巷子內。

「站住！」

接著火川追逐男子，

「橋場，女生就拜託你了！」

「好！」

直接跑進巷子。

「沒事吧，有沒有受傷……」

這時候我終於確認穿女僕裝的女孩模樣。

她當場癱坐在地上。可能因為裙擺短，白皙的大腿與深處的春光跟著外洩。原本我應該更加心動，急忙轉過頭去才對，

「啊，呃，這……」

可是這時候的我卻因為不同原因，目光無法離開她。

「咦，欸，不會吧。」

她同樣看著我，完全愣在原地。

行經一旁的電車聲聽起來特別微弱。等到噹噹響的平交道警鈴聲結束時，我們兩人才異口同聲喊出對方的名字。

「齋川!?」

「橋場學長!?」

原來癱坐在地上的迷你裙女僕，是沒戴眼鏡的齋川美乃梨。

◇

總之我先伸手拉起齋川，然後等待火川返回。

「真不巧，讓對方逃了。抱歉啦。」

兩人距離稍微拉開後，對方似乎趁機逃進巷子，火川才放棄追蹤。

「不會，非常感謝您。因為我造成了學長的困擾……」

齋川一個勁地低頭道謝。

「總之先進入店裡說明情況比較好。況且齋川……妳也還穿著制服。」

我一說，齋川頓時滿臉通紅，

「對、對喔！我居然在學長面前穿成這樣！」

似乎現在才發現，然後她急忙回到店裡去。

「那我們去向店裡的人解釋吧，火川。」

「嗯，趁事情沒鬧大之前。」

我和火川找到店裡的人，說明剛才的小插曲。店裡的人立刻察覺情況，吩咐齋川立刻回去。不愧是容易被當成特種行業的店，似乎已經有完善規定，以防麻煩的顧客惹事。

關於那名可疑人物，我們得到了一項奇特的吻合情報。

「影傳系二年級，是嗎？」

「對，沒錯。雖然還不知道他的名字……」

雖然他是店裡的常客，卻沒有辦會員卡，因此無法鎖定姓名。不過根據他本人的對話，與其他店員的目擊情報，可以確認學校、系所與學年無誤。

「該怎麼說呢，原來是這樣啊。」

「嗯，真的很抱歉懷疑學長。」

齋川不斷低頭道歉。

一開始見面，以及加入社團時，怪不得齋川怎麼對我特別提高警覺。原來私底下發生過這種事。

「真難得你會受到這種懷疑呢。」

一如火川所說，這或許是珍貴的體驗。當然我希望盡量避免這種嫌疑。

「回到住處也不太放心，要不要來我這邊避難？」

「好、好的……記得學長住在共享住宅吧，和亞貴學姊與奈奈子學姊一起住。」

既然她連這件事都知道，那就好辦了。畢竟要前往男性的住處，實在很難稱作避難。

「好，那我們趕緊走吧。」

◇

我們招呼計程車，吩咐司機開到共享住宅，一看時間發現已經晚上八點多。剛才討論要不要去咖啡廳的時間是六點，代表轉眼間就過了兩小時，真不得了。

沒多久計程車便抵達了目的地。奈奈子已經在門口等待，迎接齋川進去。

「抱歉，奈奈子，事出突然。」

「不會，沒關係。美乃梨，妳能走嗎？」

「我、我沒事，可以走。」

即使她堅強地回答，步履卻依然蹣跚。於是奈奈子攙扶她，帶她進入房子內，

「坐這邊。」

然後奈奈子安排齋川坐在客廳的坐墊上，讓她飲用事先準備好的茶。

過了一段時間，齋川終於吁了一口氣，

「呼……嚇了我一大跳。」

彷彿放下心中大石，她全身放鬆後背靠著牆壁。

「妳剛才很害怕吧，真可憐。」

志野亞貴陪在齋川身旁，撫摸她的頭。去年學園祭上，志野亞貴也遭人糾纏不休騷擾，應該明白她的心情。

剛才搭計程車時，已經從齋川口中略為了解剛才的情況。

騷擾她的男子似乎從以前就找過她好幾次。齋川婉拒並且躲著對方後，就在各種地方感到有人盯著自己。還輾轉得知對方是影傳系的學生。結果在校內也不能放心，於是齋川選擇避開人少的地點。

雖然也告訴過店裡的人，還加入名單內提高警覺，

「結果他看準休息時間，趁妳獨自外出買果汁的時候展開追求嗎……」

「沒錯，沒錯。」

齋川不斷點頭同意。

「原來我們大學裡有這種怪人啊。」

火川感到疑惑地歪著頭。

的確，進入藝大後我第一次聽到這種事。不過系所與學生這麼多，代表有人品行優良，也有人素行不端。

「總之最好暫時不要獨處。妳可以回家拿最低限度的行李，住在這裡沒關係。」

我一開口，奈奈子便彷彿恍然大悟般，

「對喔，貫之的房間……目前沒人住呢。」

沒錯，即使他已經離去，但已經付過房租，平時也有打掃，所以隨時可以住進去。

「不過學長姊這麼照顧我，這樣好嗎。」

齋川戰戰兢兢地表示，

「沒關係啦，就交給學姊幫忙吧，好不好？」

奈奈子跟著安慰她。

「好的，那就拜託學長姊照顧了。」

於是齋川起身，低頭致謝。

「因為沒有任何人能商量……我非常高興呢。」

不論打工地點或是系上，她都缺乏朋友。加上生性消極又缺乏自信，導致她愈來愈孤立。

（畢竟她從外地來到大阪，還一個人住呢。）

分不清東南西北，在打工地點還遭到陌生男子糾纏。這種事件的難實在度高得過分了。

「我可以問一件事嗎。」

沒錯，其實還留下一個謎團。

「為什麼妳要……在那種店工作？」

老實說，很難說那份工作適合個性膽怯的人。在相關工作中風險都很高，況且該店在大阪也地處偏遠，無法提供高薪。

簡單來說，我覺得那份打工對齋川的意義並不大，

「那、那是因為……」

結果她難為情地紅著臉，

「因為我喜歡 Cosplay……還有，我認為在那種店工作，或許可以治好自己缺乏自

信的毛病。」

「啊……原來如此。」

這就能解釋很多事情了。原來齋川對 Cosplay 的興趣是從這時候培養的啊。

不過就算接受，我卻覺得這件事有很多槽點。

既然這樣，就應該選擇不提供酒類，並且女僕裝沒那麼暴露的店打工才對。那間店不只接近特種行業，裸露程度還特別高，危險性自然跟著提升。

連齋川都發現「好像有那裡不對」，

「可是已經開始打工，而且店裡似乎人手不足，所以一直不敢開口辭職。」

就這樣拖了足足三個月，才會碰上這種事。

附帶一提，我曾在大學門口偶遇她。原來當時她手裡紙袋裝的，是透過 Cosplay 認識的外系學生借來的服裝。她似乎還做好心理準備，如果當時紙袋的內容物曝光，從此就不再去社團。

（和未來差別真大呢……不，認真這一點倒是一樣。）

可是齋川還有更拿得出手的本事。

「齋川，妳既然畫得那麼好，要拿出自信的話應該針對繪畫努力才對。」

「咦……」

我一說完，齋川立刻用力搖頭否定。

「學、學長過獎了，因為我只會畫畫，所以才一直畫。而且我畫的也不怎麼樣，還沒好到能讓別人看，實在太難為情了。要我拿出自信未免太不自量力……」

與其說她否定得很堅決，更像對自己缺乏自信這一點充滿自信。要讓她對自己的作品抱持自信，過程看來十分坎坷呢。

「我覺得沒這回事。美乃梨妳畫得很好，圖畫也很有魅力。」

「連、連亞貴學姊都這麼說……真是不敢當。」

連志野亞貴的稱讚都無法讓他點頭同意。

「所以今後一點一點朝這方面努力如何？」

「唔……」

這件事對齋川而言似乎門檻還太高。可是我也希望她今後能畫更多的畫。

還有許多事情要和她討論。包括早點辭掉危險的打工，還有要不要正式搬過來住。

之後我們迅速從齋川的住處搬出最低限度的必須行李，搞定避難行動。搬離住處似乎讓她心情平復，齋川以驚人的速度整理好行李，所以行動過程非常順利。

鋪好棉被後可能放鬆了緊繃的神經。齋川低頭致謝「感謝學長姊的幫忙」，隨即迅速進入夢鄉。

所有人鬆了一口氣，互望彼此後，

「這件事情該怎麼解決呢。」

我、火川，以及奈奈子和志野亞貴決定討論今後該如何應對。

「總之找學校商量吧，要報警嗎？」

奈奈子擔憂地詢問。

「好像還沒有嚴重到那種地步。但是最好小心一點，再和齋川商量看看吧。」

目前看起來還沒遭受暴力，或是面臨危險，可是今後有可能發生。

「希望能早點解決。」

志野亞貴的表情也悶悶不樂。

「真是不痛快耶。如果至少找出是誰，警告一下對方的話，齋川也能放心啊。」

火川雙手握拳相碰，跟著附和。

「……對喔，知道是誰就能採取對策了。」

雖然有可能上演拳腳相向，但應該有嚇阻作用。

「問題是不知道是誰吧？恭也你有頭緒嗎？」

對於奈奈子的問題，我的回答是，

「目前還沒有，但我想找找看。畢竟並非毫無提示。」

其實我不太願意去想，可是已經得知對方是影傳系，還是同一屆的。似乎可以循線調查。

當然如果動作太大，對方可能暫時提高警覺，按兵不動。就算要模仿偵探，也因為事關齋川的安全，必須謹慎為之。

「總之我和火川去問問信得過的對象，奈奈子和志野亞貴就負責照顧齋川。況且這項任務女生比男生更適合。」

「明白，交給我吧。」

「她似乎懂很多繪畫方面的知識，可以聊很多喔～」

這也是我追求的目標，太好了。

就這樣，事件應變總部悄悄成立了。

◇

「我不知道他是誰，但真是卑鄙愚蠢又差勁。」

理所當然，河瀨川對男性的批判毫不留情。彷彿若不是發生這種事，連提及都嫌髒了自己的嘴。

「影傳系二年級似乎也並非確切情報。總之我以大三、大四為中心問問看。」

「謝謝妳，幫了大忙呢。」

河瀨川經常以協助人員的名義，參與高年級的電影拍攝，所以認識不少高年級生。她似乎會幫忙調查是否有可疑人物。

「好，那我們試著從其他方面著手。」

「嗯，看我利用忍者的情報網，揪出那傢伙！」

於是火川從社團相關人物，我從二年級之間收集情報。如果有人不經意聊起齋川打工的 Moon Rabbits 相關話題，我就暗中仔細聆聽。若是聽到有誰常去，就順便掌握情報。

另外我決定向身邊可能最了解的人打聽。

「桐生學長，你知道 Moon Rabbits 吧。」

桐生學長頓時露出我之前見過最狼狽的表情。首先目瞪口呆，嘴一張一闔，然後突然摟住我的肩膀，將我拖出社辦。

「好痛，學長做什麼啊！我只是確認一下，為什麼拖我走啊。」

我向突然推我離開社辦的學長抗議後，學長露出嚴肅的表情，

「……你聽誰說的？」

「啊？」

「橄欖球社的千葉嗎？空手道社的中本？不對，我和他們發過血誓，絕對不透露那間店的事情……這麼說是店裡的人嗎。阿橋，你該不會讓店裡的女僕洩漏情報，設下美人計吧……」

「是火川告訴我的。」

「那個肌肉忍者嗎！可惡，他會去打聽那間店的確不足為奇。就因為我對其他男性顧客不感興趣……真是的！」

然後桐生學長緊緊摟住我，

「拜託，阿橋，幫我向樋山妹保密。以前聽說那間店的時候，我還保證自己不會墮落到成為那裡的常客。要是讓她知道我甚至辦了年票，可就不只信用掃地這麼簡單了啊。」

其實目前學長早就毫無信用可言了吧，我心想，

「好啦，那這件事情就藏在我的心中吧。」

「謝謝你！作為報答，我會回答任何你想知道的事情！」

於是我問學長，有沒有除了他以外對女孩子異常執著的顧客。而且可能同樣是藝大的學生，

「不知道。」

他似乎真的完全不關心，絲毫問不出任何情報。

更讓人無語的是，齋川也在那間店打工的事，我甚至向學長套話。但他似乎也一無所知。

（他對自己感興趣的領域十分執著，可是對其他的事物卻視而不見呢……）

總之在我一時想得到的範圍內，調查的結果是一無所獲。

由於接下來得靠人傳話，還得仔細確認真偽才行。

我想在事情鬧大之前解決。

◇

我在藝大前的超市購買食材後，返回共享住宅。

「我回來了。」

一開門，

「啊，回來啦～」

「歡迎回來。」

一如往常悠哉的志野亞貴，以及還有幾分緊張的齋川便迎接我。

客廳內堆著幾本志野亞貴的畫集，以及幾本可能是齋川的素描本。

「今天也聊了繪畫的相關話題嗎？」

「嗯，恭也同學也來看看，美乃梨光靠鉛筆就能像魔法一樣畫畫喔～」

志野亞貴有點激動地攤開齋川的素描本讓我看。

這是我第一次仔細端詳她畫的鉛筆畫。對象各式各樣，不論人物或靜物都有。即使在我這個外行人眼中，也覺得每幅畫都有相當高的水準。尤其感覺很難畫的塑膠袋或玻璃，都看得出精湛的畫技。

「真的很厲害呢，看起來好像魔法。」

其實在畫畫門外漢的我眼中，兩人都像魔法師。

「沒有啦，完全談不上魔法。我只是畫出眼前的東西而已，看過亞貴學姊的畫之後，自覺完全比不上……」

齋川紅著臉難為情。

「亞貴學姊的畫實在太不可思議了。不知道如何從空無一物的紙上，變出如此富有魅力的表情與背景呢。在我看來，亞貴學姊的畫……才更像是魔法。」

「受到稱讚了呢，有點難為情。」

志野亞貴難為情地縮起身子。

（相互尊敬，真是良好的關係呢。）

撮合兩人之前，其實我有一點擔心。即使我知道兩人對彼此的繪畫有良好印象，可是人際關係的交流卻是另一回事。

但看起來是我杞人憂天了。

「對了，志野亞貴，妳讓齋川看過春日天空的畫了嗎？」

「不，還沒有喔～」

這個問題對我而言，就像是之前還沒提到過，隨口一問罷了。我以為這是好機會，才會趁這個機會提及。

「春、春日天空的畫……請問是什麼意思呢？」

與其說齋川慌張，更像是完全摸不著頭緒。

「我還沒提過這件事呢。其實我們都是春日天空的製作人員。志野亞貴負責春日天空的原畫……」

在我說完「原畫師」三個字之前，齋川就握住志野亞貴的雙手，

「果然是亞貴學姊嗎!!!難、難難難怪我覺得畫風接近，或者該說受到的衝擊相似嗎。我我我真的很尊敬學姊，非常喜歡學姊的作品，能不能和我握手呢，啊，我真是的!!」

說到這裡，齋川急忙暫時鬆手，然後開始頻頻低頭致意，

「其實是，以前，高中的學姊告訴我春日天空。可是因為有年齡限制，我不能看所有圖。但是我真的非常喜歡主視覺圖，所有角色走在櫻花飛舞中的場景……啊……」

志野亞貴溫柔地摟住嘴裡依然滔滔不絕的齋川，

「美乃梨，謝謝妳這麼喜歡我畫的畫。」

說完，輕輕拍了拍她的背。

「嘩……啊……竟然……這麼幸福……」

這一摟似乎擊沉了齋川，她沉溺在志野亞貴的溫柔中一段時間。

（我現在知道志野亞貴的母性有多強大了……）

見到齋川淪陷，我百分之百佩服。

「美乃梨已經滿十八歲了吧？」

志野亞貴突然這麼問。

「是、是的，當然了……？」

聽到齋川的回答，志野亞貴面露微笑後起身，

「那麼看色色的圖也沒關係吧。我現在就去拿。」

隨後走上自己位於二樓的房間，找出春日天空的原畫。

留在客廳的齋川依然張著嘴，傻呼呼地邊笑邊說，

「天啊……居然能目睹亞貴學姊親手畫的原畫……太幸福了，快要死掉了……」

已經完全像是病態粉絲了。

（她沒問題吧……）

粉絲姑且不論，可是這種陶醉的模樣……有點病態。

「應該是這個吧～想看都可以看喔。」

隨後志野亞貴返回，在桌上攤開原畫。

春日天空的原畫皆採用數位繪圖。不過為了確認內容，全都以印表機印在紙上。如今這些圖排列在我面前

所有原畫都添加了志野亞貴詳細的陰影指定。不易理解的部分都有完整的文句註解。

「哇……真不得了，這是寶藏呢……」

齋川目不轉睛地盯著每一張原畫。雖然也有幾張插畫相當露骨，卻沒有難為情的感覺。

（她是一提到繪畫，就完全不顧其他事情的類型呢。）

在這層意義上，兩人應該有心靈相通之處吧。

「那我就不打擾妳們，先離開囉。」

要是我進一步觀察仔細盯著色圖的兩個女孩，也未免太噁了。

「嗯，辛苦啦～」

「不好意思，橋場學長……」

志野亞貴面露笑容，齋川則感到難為情。我略為向兩人揮手致意，然後回到自己房間。

「不過有機會歪打正著，太好了。」

雖然遭到騷擾對齋川而言完全是災難，卻成為她搬進共享住宅的契機。如果能藉

此讓她感到幸福，就再好不過了。

樓下傳來開門聲。似乎是奈奈子回來了。

「我回來了～今天的發聲訓練有點唱過頭了，好累喔……咦，志野亞貴!?怎麼攤開這麼多色圖，妳在做什麼啊!?」

「奈奈子歡迎回來～我在讓美乃梨看啊～」

「啊，對、對啦，奈奈子學姊。其實是因為，我想看啦。」

「可、可是大剌剌地拿出這麼多色圖，而且還讓尚未成年的美乃梨看……拜、拜託，恭也你在家吧！過來一下～!!」

「美乃梨已經滿十八歲囉～」

「不、不要緊的，奈奈子學姊，我沒事啦！」

「就、就算妳們沒事，可是我……恭、恭也，恭也～！」

真是的……雖然我一臉苦笑，卻有些感慨良多。

「好久沒有這麼熱鬧了。」

對大家而言才相隔三個月，對我而言卻已經隔了一年以上。

我無論如何都會想起貫之。

想起包含他在內，大家一起討論，共同創作的時光。

「……其實還沒結束啊。」

即使我無法立刻採取行動，不過包含這件事，我早已下定了決心。

◇

幾天後，看準店內沒人，我們來到鐵橇咖啡廳。

我，火川，以及河瀨川三人異口同聲地嘆氣。

照顧齋川雖然很順利，可是另一方面，調查小組卻陷入僵局。

河瀨川調查過在 Moon Rabbits 打工的藝大學生，卻一無所獲。我和火川也沒掌握到有用的情報。

「無計可施嗎……」

河瀨川這句話直接說明了所以情況。

「大家對身邊的事情真是一無所知呢。以前念高中的時候，明明都很清楚班上同學。」

火川抱怨完，河瀨川接著表示，

「當然啊。絕大多數大學生都討厭這種小團體，奉行個人主義。很少有人對別人的八卦感興趣。」

「是嗎，原來是這樣。」

火川一臉「有聽沒懂」的表情。我明白他為何無法理解，畢竟他從小學到高中都參加體育系社團。上大學後加入的忍者社，也是披著文化系外皮的體育系社團。

「要不要擴大一點範圍啊，我們還有很多同屆的同學不認識。」

「這個呢……不過如果我和你都不認識，就屬於完全不同的小團體，可能很花時間。」

河瀨川說得沒錯，這件事看來無法兩三下搞定。畢竟我與共享住宅的成員相處時間較久。即使我在系上不是沒有其他朋友，卻想不到有誰可以聊這種沉重話題。

其實我打算找時間，問問桐生學長以外的美研社員。但是大家的系所與年級都不一樣，並不適合調查。

至於加納老師……等進一步弄清楚疑惑後再找比較好。若在懷疑階段就向老師報告，一旦弄錯反而會擴大混亂。

「…………」

其實有件事情我一直很在意。

這股籠罩在四周的難受氣氛與負面情感，其實有共通之處。不過要說關聯性純屬偶然，未免過於粗暴。我本來想等掌握確切情報再確認。

但是事到如今，一項一項排除其他部分後，便凸顯了原本可能純屬偶然的共通之處。

「……有件事情我想確認一下。」

彷彿事情從一開始就指向這個結果，我的腦海中浮現一個人的名字。

◇

「嘻嘻，橋場，怎麼突然找我出來啊。」

即使我突然找他出來，九路田依然立刻抵達。

「要繼續聊之前關於製作的話題？那我有很多內容可聊喔。像是根本不聽話的成員啦，還有……」

「抱歉，今天不是要聊這個。」

「啊，不是嗎？」

「嗯，還有在人多的地方不好開口。」

我原本想去之前和柿原學長見面的地點，鐵橇咖啡廳，

「好像是滿嚴肅的話題呢，那就到舊二餐的上頭吧。」

「舊二餐的上頭？」

「你不知道嗎？那裡有種草皮，最適合躺在上頭思考了。不過要去有點困難，沒人會跑到那裡，所以可以密談。當然我也碰過告白的場景！」

說到這裡，九路田再度嘻嘻笑。

大藝大有幾間校園餐廳，全都以連號命名。其中只有第二餐廳隨新蓋的體育館轉移。所以原本的二餐關閉，才會有舊二餐這個奇怪的名稱。

九路田說得沒錯，舊二餐上頭有一塊種植草皮的區域。看似是一塊可以享受些許野餐之樂的地點，但也如他所說，沒人會來這裡。

「你居然知道這種地方啊。」

「去年九路田團隊經常在這裡開會。話說你想問什麼事？」

於是我告訴九路田原委。保險起見，我沒提到齋川的名字，而是說「外系的新生」。

在我提到影傳系同屆的學生遭到懷疑後，

「……我說，橋場。」

九路田的表情變得前所未有地嚴肅。

「我啊，基本上不會管誰想做什麼，也最討厭毫無確證就懷疑他人。」

他一邊抓頭，同時開嗆。

難道他也和戲劇系女生輟學的事情有關嗎？非當事人的確沒辦法談論那件事。

「但如果一起參與創作，我就能多少看出成員的個性啦，或是思考方式。」

「因為要仔細觀察吧。」

身為製作助理或製作人，會觀察自己組員的行為與發言。因為要確實掌握有可能危害製作過程的各種細節，例如心境變化或煩惱之類。

可是我很討厭這一套。畢竟很難對真正深交的朋友這麼做，萬一彼此距離沒掌握好，甚至會發生嚴重後果。實際上，我就因此失去了重要的組員。

「知道後你再聽我說。」

九路田輕輕吸了口氣，然後一口氣吐出。

「芝多有廣——橋場你也知道是誰吧？」

「……嗯。」

最近我的內心一直籠罩在莫名其妙的不安與詭異中。大致上與兩件事情有關。

其一是齋川那件事。

其二則是戲劇系學生輟學。

兩者的關鍵字都是「影傳系二年級的某人」。

問題是兩件事的原因南轅北轍，內容也不相似。

不過我一直懷疑，兩件事的巧合有詭異的共通之處，而且將來會產生交集。當初的預感如今果然成真。

「是你們團隊的導演吧。他怎麼了？」

「芝多……自從升上二年級，他就一直沒來大學上課。」

之前也聽柿原學長說過。可是從升上二年級算起的話，代表他將近三個月沒來學校了。理所當然，這麼久沒來會嚴重影響必修課程的學分。

「可是他依然住在大學附近。是車站北側出口的公寓，住附近的團隊成員見過他好幾次。」

說到這裡，九路田深深嘆了口氣。

「團隊成員問他說，他怎麼沒來大學上課。結果他好像說不想再去大學了，然後進入一間附近的店。而那間店……」

「就是Moon Rabbits嗎？」

九路田點頭回答我。

「如果只有這樣，或許還能當成偶然。可是芝多他……有點麻煩。」

然後他露出陰沉表情。

「該說他對待女生的方法嗎……態度有點不對勁。連我們團隊內都有成員傷腦筋。」

這句話點醒了我。

「之前你說有事要辦，該不會……」

「嗯，拍片過程中被他強行接近的女生陷入憂鬱，找我討論這件事。」

「強行接近……是字面上的意思嗎？」

「對啊，剛好在兩人獨處的時候。兩人爆發爭執時，我湊巧進入房間才平息。但如果我當時不在場，不知道會有什麼後果。」

九路田以一隻手揪起頭髮，

「那傢伙真的很傷腦筋耶！不過我也只能說發生過的事情，剩下的由你自行判斷吧。」

我猜他肯定想說「多半就是他」，但這樣未免太不厚道。明明沒有確切證據，光靠平時的舉止與情況就指控別人，實在太蠢了。

可是已經湊齊這麼多證據，實在很難不懷疑芝多這個人。我當然不會散布流言，但至少應該對他提高警戒。

「抱歉。這件事情應該很難開口吧，我現在明白了。」

我回答後，九路田點點頭。

「反正我只是說出事實而已。」

另外我還有一件事情想找他確認。

其實光靠這些情報幾乎可以確定。不過九路田是距離最近的觀察者，所以我想聽聽事情的真相。

「戲劇系的演員輟學那件事，不會也和他有關吧。」

九路田的表情再度扭曲。他瞇起原本睜大的雙眼，皺緊眉頭。

「……我就算不說，你也知道吧？」

「抱歉，謝謝你。」

這下子許多事情弄明白了。可是我卻沒有絲毫開心的內容。

◇

保險起見，我弄來拍到芝多長相的圖片後，讓齋川確認，

「啊，就是他，肯定沒錯！」

齋川見到的一瞬間立刻肯定。

如此一來，追求齋川的人就是芝多的可能性高達九成九。只要沒有莫名其妙的原因，例如雙胞胎、長相相似的人，或是帶著皮面具之類，應該可以確定。

當天在美術研究會的社辦，所有社員難得到期。甚至連火川、河瀨川與奈奈子都在場，堪稱全明星陣容。

不過討論的內容卻非常沉重。

「呃，該怎麼說呢……那間店竟然發生過這種事啊。」

連桐生學長今天都臭著一張臉。

「哦，桐生同學，原來你知道那間店啊？」

樋山學姊插嘴。

「知道有那間店啦，沒有光顧過。」

桐生學長乾脆地回答後，改變話題。

有件事要先聲明，桐生學長已經對我和火川下達那間店的封口令。所以順便提一句，剛才還發生過「那間店叫什麼名字？·Moon Rabbits？·是喔」這種鬧劇。

「確定是這個叫芝多的人吧？」

樋山學姊向我確認。

「嗯，已經讓齋川看過照片，確認是同一人了。」

「竟然還是逼松永退學的同一個導演……」

「那件事情還沒有確認。」

但從九路田的反應來看，八九不離十吧。

「難道不能直接到他的住處質問嗎？」

雖然奈奈子要求強行進攻，

「不行啦，畢竟沒有任何證據。」

之前沒有在現場拍到照片，他如果矢口否認就沒戲唱了。況且我們不是警察，不能這麼霸道。

「目前只能提高警覺嗎。」

志野亞貴撫摸身旁齋川的背，表示擔憂。

「總之先辭掉那份打工，正式搬離住處，還有在校內盡可能不要獨自行動吧。」

河瀨川提出實際的防範措施後，

「這樣美乃梨很可憐耶……」

奈奈子聲音失落地表示。

「我也這麼想啊。可是要阻止他糾纏不休，得收集更多證據才行……」

聽到這裡，大家都沉默不語。

「好，乾脆這樣吧！」

結果桐生學長突然站起身。

「由齋川學妹充當誘餌，一如往常去 Moon Rabbits 打工。齋川學妹一來，那傢伙就會現身。等他搭訕或是對齋川學妹出手，就當場抓他現行犯！怎麼樣……好痛！樋山妹，幹麼打我的頭啦!!」

「什麼怎麼樣，你這大笨蛋！難道你要眼睜睜讓齋川學妹身陷險境!?」

「可是妳看，有火村學弟在。而且別看山本或柿園，他們都是打架一百段的高手！」

「有嗎?我以前一直是合唱社的耶。」

「我參加的也都是舞蹈社。但似乎在桐生學長的心中是這種設定吧。」

「你們就不會什麼特殊歌喉或舞蹈喔！像是唱歌同時打贏敵人啦，或是邊跳舞邊打之類！」

這也太扯了。雖然也算桐生學長日常發神經。

「總之不准。況且齋川才遭遇可怕的經歷，怎麼可能願意涉險呢！」

樋山學姊再度巴了一下桐生學長的頭。

這個話題到此為止……原本眾人都這麼認為，

「這、這個～」

出乎意料，打破沉默的卻是齋川本人。

「其實，我沒有那麼害怕啦。所以可以的話……他叫芝多學長吧？我想向他說清楚，可以嗎？」

大跌眼鏡的發言讓眾人頓時驚呼。

「拜託，妳認真的嗎!?」

「萬一他動粗該怎麼辦！」

對於女性社員理所當然的擔憂，齋川表示，

「我當然會擔心。可是……我不喜歡拖泥帶水的做法。」

大家都帶有幾分敬意，注視她這名新社員。

明明對自己的畫缺乏自信又膽怯，對其他事情卻勇氣十足，而且積極。

感覺好像稍微見到她未來的模樣。

「呃，這個，齋川學妹，妳知道自己在說什麼嗎……？」

連樋山學姊都滿臉焦急地開口。

「嗯，我知道。」

「可、可是，妳要親自當誘餌耶？既不知道會面臨什麼危險，況且這個笨蛋肯定只是看了哪部動畫或輕小說，就要現學現賣。這樣好嗎？」

樋山學姊說得很難聽，不過桐生學長可能真的是這樣。

齋川卻依然堅持，

「我受到大家非常多照顧，也讓大家擔心了。所以如果有機會盡快解決，我認為事不宜遲。況且……」

說到這裡，犀利地望向前方，

「與其繼續畏畏縮縮地生活，還不如見到本人好好說清楚。這樣也比較痛快。」

「好！真不愧是齋川學妹，那麼就針對我的大作戰，大家提出具體的方案吧!!」

聽得樋山學姊抱頭煩惱，桐生學長激動地跳到桌上。

在截然不同的正副社長兩人之中，齋川本人露出強烈決心的表情，筆直注視著窗外。

◇

一如樋山學姊的預料，桐生學長的計畫簡直漏洞百出。於是由我和河瀨川擬訂計畫，讓樋山學姊與其他學長們過目。最後得到齋川的首肯，才付諸實行。

事情一旦決定就好辦了。

我們還連絡打工地點，保險起見還通知了所有員工。在保證不會造成店鋪困擾下，獲得了協助。

然後到了執行作戰的當天。

我在齋川帶領下，來到了照明特別強烈，整間店充滿粉紅色與黃色的 Moon Rabbits 咖啡廳。身邊還跟著火川。

「歡迎光臨……啊，兩位顧客吧。」

「噢、嗯……」

齋川胸前掛著手寫的可愛名牌。『美子』似乎是她在店裡的化名，話說就不能避開本名嗎。

原本以為她很堅強，卻在這種小地方秀逗秀逗，頗有趣的。

「請問要點餐了嗎？」

她戰戰兢兢地問坐在座位上的我們要點什麼。

我們比她更不熟練地看菜單。

「怎麼樣，橋場。現在不是該喝點雞尾酒之類？」

「別鬧了好嗎，考慮到等一下的情況，不能喝酒啦。」

「……對、對喔，有道理。」

彼此點頭同意後，我們幾乎同時輕輕舉手，

「「我們要烏龍茶。」」

「好的。」

美子，也就是齋川以生硬的動作寫下點餐內容後，

「那麼兩、兩位主人，敬請好好休息……」

滿臉通紅地說完，便迅速躲回店內。

我和火川都有點難為情地看著她的模樣。

「感覺有點不錯耶，橋場。」

「噢，對啊……」

每當看到她的超短裙，我們就差點忘記原本的目的。

耳邊突然聽見『茲茲』的短暫雜音。聲音從戴在耳朵上的耳機傳來。

「……喂喂，聽得見嗎？」

是桐生學長的聲音。

於是我壓低聲音，對胸口的麥克風說話。

「可以，雖然有雜音，但大致上沒問題。」

「是嗎，那就依照計畫，等晚上九點班次結束後開始行動。你們兩人要準備好喔～」

「知道了。通訊先到此為止。」

切斷通訊後，我和火川互望彼此。

可能我們都很緊張，都『呼～』一聲深深吁了口氣。

「我們幾時變成偵探了啊。」

火川苦笑著說。

「就是說啊。」

我也微笑以對。

我的重製工程已經大幅偏離正軌。而且似乎被調整成不解決問題，就無法順利進行。不知道路線是誰設計的，可是也塞入太多元素了吧，我真想向設計者抱怨。

可是剛發生意外沒多久，也沒辦法太從容不迫地解釋。

我環顧店內，見到齋川正在接待其他桌的顧客。似乎還有幾分緊張。

然後，

「來了。」

「他來了。」

和火川小聲確認後，我們相互點頭。

得知芝多也在店內。

（加油啊，齋川，我們會幫妳搞定的……）

我一邊緊盯店內的動靜，同時確認時鐘。幾乎同時，耳邊傳來情報。

「行動前十分鐘，差不多該離開店內了。」

聽到耳機傳來連絡後，我靜靜離開店內。

「真希望能好好來店裡享受一次。」

留下有些不滿的火川，我趕往與大家會合的地點。

「來了來了。目前情況如何？」

我向等待多時的桐生學長報告，

「他本人出現了，我想應該不會錯。他一直盯齋川瞧，很有可能採取行動。」

「好，那就連絡齋川學妹……喂喂，有聽見嗎？」

「嗯，是的，有聽見。」

打工時間結束，回到員工室的齋川回應。

「好，那就依照之前的指示展開行動。等一下再聯絡！」

過了一段時間後，這次換火川聯絡。

「我是火川，他行動了。我也會追在後頭。」

「好，所有人各就各位！」

桐生學長似乎早就想說這句臺詞，一臉滿足地發號施令。

這次的作戰很單純。

首先齋川正常地打工。我和火川喬裝顧客潛入，確認是否有目標男子。等齋川下班走出店門後，一旦確認男子尾隨，事先埋伏的人就趁男子試圖接觸齋川時逮住他……就這樣。

我知道這個作戰很幼稚，可是我們這些外人無法實施太複雜的內容。才會選擇可以透過最低限度的行動執行的方案。

我來到能環顧整體的位置待命，與河瀨川一起觀察動靜。

「想不到居然會發展成這種偵探鬧劇。」

河瀨川以錯愕的語氣嘀咕。

「我也千百個不願意，可是現行犯的確比較容易當場逮住。」

「也對。連我都想罵罵那個卑鄙的傢伙。」

她的口氣明顯帶有怒意。

「我想妳應該知道，制伏他之後可別踹他喔。」

「不會啦。不過他如果動手，我可不敢保證。」

……只能祈禱對方完全別反抗了。

聊著聊著，見到齋川朝馬路走過來。我們事先指示她放慢速度，還挑選暗巷走路。這樣男子也比較容易開口。

然後。

「來了……！」

在齋川後方大約十公尺處，發現有男子尾隨她。

很明顯，他正在逐漸縮短與齋川的距離。

「……壓制小組，開始準備。」

我輕聲向麥克風下達指示。

男子似乎完全沒發現我們的存在。他可能以為現場只有齋川與自己，縮短距離的方式也很粗糙。一眼就能識破，還發出很大的腳步聲接近。

剩下三公尺，兩公尺。隨著他接近，緊張感跟著升級。

然後終於剩不到一公尺。男子朝齋川伸出手。

「欸，小美，可以再和我談談嗎……」

伸手搭在齋川肩上後，男子讓面前的轉身女孩朝向自己。

這一瞬間，

「哼!!」

「嗚哇!!」

發生出乎意料的情況。

被男子伸手搭住肩膀後，齋川一轉身就立刻賞他一記響亮的巴掌。

「情、情況，巴掌，是巴掌！」

桐生學長喊出意義不明的詞。

可是其他人面對驚人的情況，同樣一臉茫然。

「好痛……小美妳做什麼……哇！咕噁！」

而且攻擊不只有巴掌而已。

齋川撞飛男子後，還朝男子的腹部揍了一拳。

「我警告過你了吧……」

隔著耳機聽見齋川的聲音，彷彿從地獄的底層發出。

「下次！敢再來的話！我絕對不饒你！說過會揍你了吧！可是你！依然學不會教訓!!」

「好、好痛！饒、饒了我吧!!」

齋川似乎騎在男子身上，同時斷斷續續傳來揍人的聲音。捶打身體的聲音中還參雜了「饒了我」、「我不會再接近妳了」、「救命啊」等呼救聲。

沉默不語的作戰小組中，柿原學長好不容易開口，

「怎麼辦，是不是上前救人比較好？」

對於學長這句話，在場幾乎所有人都回答。

「……該救誰？」

◇

事後召開了奇妙的會議。

這次事件的相關成員齊聚在附近的芳鄰餐廳。

不過這場會議的奇妙之處，

「芝多有廣同學……是你沒錯吧。」

「……對啦。」

在於連當事人也在場，而且他被揍得讓人不太忍心稱呼他嫌犯。

「我剛才下手有點太重了。真是對不起。」

齋川一臉誠惶誠恐，在不遠處低頭致歉。

「沒有啦……是我不好。」

芝多雖然有幾分賭氣，卻完全沒有反抗的跡象。

在最近的距離目睹事情始末的奈奈子開口，

「美乃梨，妳以前學過什麼啊？」

「我想想，小學時學過少林寺拳法，國中時稍微學過合氣道。啊，可是參賽也頂多晉級至第三輪，所以才走上繪畫的道路。」

不用說，在場所有人都籠罩在「怎麼不早說！」的氣氛中。

（話說包含我在內，有必要全員出動嗎……？）

對齋川而言算是某種契機……我希望如此。問題是她這麼強，總覺得無論如何都會有相同的結果。

「你對她糾纏不休，或是主動追求的行為都是事實吧？」

河瀨川語氣冷靜地質問。

芝多承認後，

「……嗯。」

深深嘆了一口氣。

「我想見小美一面，和她聊聊。結果遭到拒絕，才會忍不住出手。後來鬧出糾紛，想要為自己辯解。」

所以才會演變成這樣嗎。不過他實際動手的當下已經越線了，所以沒什麼同情的餘地

桐生學長難得表情認真地開口。

「我們不打算繼續逼迫你。可是你的所作所為折磨她也是事實，所以我們要你掛保證。如果不願意的話……知道後果吧？」

依然低著頭的芝多，態度冷淡，

「……我答應。」

僅說了這三個字。

我們要求他不准再接近齋川。在校內見到也完全不能打招呼，同樣禁止遠遠盯著齋川。一旦他違反約定，下次就直接報警。

芝多似乎完全死了心，平淡地遵從我們的要求。還在我們事先準備的保證書上老實簽名。雖然不至於積極配合，卻也還算坦誠回答我們的問題。

這是我第一次仔細觀察他的容貌，其實他長得端正，卻顯得有些缺乏自信。看不出來他會對女生動粗，或是口出惡語罵到演員崩潰。

但是他的態度不太好。實際到拍攝現場後，很難說他不會性情不變。

「就這樣吧，那麼你可以回去了。」

杉本學長說完後，柿原學長跟著插嘴。

「不，還有一個問題。希望你回答我。」

「柿原學長，那件事……」

還沒有證據證明是他做的，我正想說這句話。

「抱歉，橋場學弟，我想趁能問的時候先問清楚。」

柿原學長態度堅決地表示，

「之前你導演的作品中，有位演員同學輟學了。我聽說原因是你導演太過火，還罵人，這是真的嗎？」

可是，

「逼演員輟學……？究竟是什麼事啊。」

之前基本上都點頭同意的芝多，卻露出莫名其妙的表情回答。

結果柿原學長一聽，

「喂，你可別想撇清責任。我聽說你真的在現場威脅演員，導致她承受了巨大壓力！」

即使柿原學長帶有怒意，芝多卻依然一臉不解，散發出有聽沒懂的氣氛。

可是過了一段時間後，他彷彿明白了什麼，

「噢……原來，那女孩輟學了啊……」

嘴裡嘀咕後，下一瞬間。

「嘻嘻……哈哈、哈哈哈哈，原來，原來是這樣啊！沒有任何肯定！也沒有稱讚！撒手不管就結束了嗎！真是太過分了，哈哈哈哈哈!!」

他宛如失去理智般瘋狂大笑。之前老實、有氣無力的模樣完全消失無蹤，笑聲帶刺又難聽。

可是與其說評論、否定他人，他的笑聲更像打從心底感到無所謂。聽起來有種空虛的感覺。

「有什麼好笑的！」

生氣的柿原學長對芝多大吼，

「哈哈，沒有啦，因為想到事情變成這樣，就打從心底想笑……不，真的結束了。我完全走投無路了，真傷腦筋……」

芝多的眼神依舊空洞，嘴裡喃喃自語。問題是沒人明白他的意思，只見他一直反覆咕噥莫名其妙的話。

「到底是什麼意思？什麼傷腦筋？」

即使有人問，芝多也以無力的聲音回答，

「這個話題已經結束了吧？可以放我走了嗎？」

然後芝多起身，平靜地低頭致歉。

「真的很抱歉。還有，我特地簽名的保證書……大概也沒有意義了吧。」

一瞬間眾人都感到緊張。

「等、等一下，難道你說話不算話嗎！」

可是芝多卻平靜地搖頭，

「不是這個意思。我保證會從她的面前消失……」

雖然聽不懂這句話的意思，但似乎並非違反約定。

然後他一語不發，消失在夜晚的街道上。

◇

之後過了三天，才知道芝多究竟在說什麼。

「輟學……」

「沒錯，一星期之前收到他的申請。」

加納老師找我去研究室，我才聽老師提到這件事。

在那件事之前幾天，芝多就提交了退學申請，之後直接離開了大學。只有我最近打聽過芝多的近況，所以老師才找我過去。

「原因聽說是……沒有自信繼續完成學業。」

「……是這樣嗎。」

聽到他輟學，我首先想到齋川那件事。原本以為是我們逼走他，實際上他在更早之前就選擇離開了。

然後我向老師報告他與齋川的事。

「或許他在各方面都走投無路吧。話說回來，他居然糾纏女生，最後還強硬表白，真是不像話。」

老師嘆了口氣，將收到的退學申請置於桌上。

「不論學校或職場，很少有人能走得雲淡風輕。多數人都會在留戀與混亂中拖著莫名其妙的怪事。」

這件事情完全符合老師這句話。雖然被逼到輟學的之多讓人有些同情，但這不是他糾纏大一女生的藉口。

「話說我這裡有芝多要給你的聯絡方式……你要嗎？」

「他給的，是嗎？」

「嗯，昨天他又來了一趟。說等塵埃落定後想好好道歉。當然，要不要聯絡他完全由你決定。」

我決定向老師索取他的聯絡方式。因為我很想問清楚他離去之際留下的謎團，以及這起事件中尚未解決的各種隱情。

另外我也想知道，究竟發生了什麼事。

◇

當天晚上我撥了手機。不過聯絡的對象並不是芝多。

「芝多輟學了嗎。畢竟他完全沒來上課呢。」

我告訴九路田事情的始末。

「抱歉，完全沒有好消息。」

「反正本來就是芝多的錯吧?話說……」

九路田直截了當地改變話題，

「我有件事情想找你稍微聊聊。」

「找我?」

「嗯，拜託啦!有件事情得多方考慮才行。」

我仔細玩味九路田的這番話。

他的行動始終如一，絲毫沒有偏離。

像他這種人，行動多半完全基於自己的想法。沒錯，他就是我的榜樣，可以自我主張的製作人。

「……當然。那就等下週的必修課下課後吧。」

掛斷電話後，我仰望漆黑的夜空。

踏上前往未來的旅途時，我獨自站在灰濛濛的烏雲與豪雨中。再度回到過去的我，則是在無垠的藍天下再一次下定決心。

而現在，我面前是漆黑的夜空。可能是雲層的關係，平時看得見的星辰，唯有今天完全看不到。

可是這片黑暗的另一側，應該有指示將來的事物。如此確信的我，注視著黑色夜空很長一段時間。

第三章　「我，主動拆散」

「真的很感謝學長……！」

前往大學的路上，齋川反覆向我道謝。

「其實我們什麼也沒做，算是齋川妳自己解決的啊。」

聽我說完，齋川害羞地低下頭去。

「……其實我不是每次都會那麼做喔？」

「我當然知道。」

如果她每次都這麼有攻擊性，根本就無法接近她。太可怕了。

「雖然我好像不該說，不過那位叫芝多的人……看起來好像沒那麼壞。」

齋川的語氣有些感慨。

「總覺得……他最後的那句話也讓人有點在意。」

沒錯，雖然齋川的事情順利解決，演員女兒輟學的真相卻依然五里霧中。

畢竟連事件當事人都離開了大學，要繼續深究也有難度。

「話說得趕快搬妳住處的行李過來才行呢。」

「對、對喔……抱歉，可能又要麻煩橋場學長與火川學長幫忙了。」

最後齋川正式搬到共享住宅來住。距離大學較近對本人也比較方便。而且原本住的公寓也不是簽年約，搬家容易才讓她下定決心。

不過最重要的是，

「啊……想到可以一直和亞貴學姊在一起……我就特別高興……！」

對她而言，能與嚮往的志野亞貴同住似乎才是最關鍵的重點。

（以結果而言，這樣還不錯。）

齋川的事情順利畫上句點。接下來——

◇

一如加納老師的事先通知，正好在三星期後，課堂的內容就是分組。不過並非在課堂上決定，而是發給所有人表格，三天之內要交。

由於這堂課必修，所以志野亞貴、奈奈子、河瀨川與火川等同一屆的組員們通通到齊。

不過今天因為各種原因，我沒有和她們坐在一起。因為我知道下課後有人會找我，我需要獨自行動。

「橋場，現在方便講話嗎？」

是九路田。他還是一樣露出犀利的眼神，主動找我。

「當然。就聊聊之前你在電話裡提到的事。」

「嘻嘻，那正好。就去那片草皮聊吧？」

九路田點頭後，我們直接前往該處。

今天舊二餐上頭的區域依然不見人影。感覺氣氛比上次來的時候更加寂靜。

「要坐嗎？」

九路田問我，

「不，站著講就行了。」

我回答後，站著轉過身面對他。

「所以說要聊什麼？」

他點頭後，跟著緩緩開口。

「這次二年級的作業，我們的團隊打算製作動畫。」

九路田構想的影片內容，以這個時代而言非常有遠見。

「目前的 Niconico 動畫大多是讓靜止圖片產生動作，重複簡單的特效。所以我打算製作完整的，貨真價實的『動畫』。這麼一來，我需要具備足夠實力的創作者。」

然後他接了一句「所以」。

「我希望志野……志野亞貴擔任我們作品的動畫師。其實我已經想委託她，不過保險起見，還是覺得應該先知會你一聲。」

他說得直截了當。短短幾句話已經表明，他真的想藉助志野亞貴的力量。

身為製作人，前一陣子他在課堂上已經見識到志野亞貴的表現力，會這麼想很正常。

我始終沉默聽他說明。

時間大概過了一分鐘吧，我一直盯著他的動作。宛如配合開門見山的要求，他的視線同樣緊盯著我。

我認為他沒有說謊。感到他純粹想創作優秀作品的意志。

然後我緩緩開口。

「關於你，有件事情我想確認。」

「關於我？什麼事情啊？」

我平淡地壓抑情感，同時開口。

「關於犀利製作助理，九路田孝美的本性。」

一瞬間，九路田的表情扭曲。

宛如今天的氣氛，伴隨著糾纏不休的難受感。

然後他扭曲的表情再度恢復笑容。

——不過他笑得很扭曲。

「……嘻嘻，好啊，那我就聽聽吧。」

他開心地表示。

調查芝多有廣的過程中，我私底下進行了另一項調查。

因為我感受到一股難以言喻的不安與氣氛。我懷疑源頭其實並非傳聞中的人物，而是另有其人。

我沒有直接認識九路田團隊的成員，所以得透過間接認識的人，打聽他們的製作體制。

「你對於創作絲毫不容許妥協，不論何時，都要求團隊成員盡善盡美。」

當初接連有成員表達不滿。甚至有不少成員正面與九路田的做法唱反調。可是九路田以完美的行動回應成員，順利撲滅了眾成員的反對意見。

「不論行程、器材或是資金，你俐落解決了所有碰到的不滿，讓團隊成員啞口無言。對不對。」

依舊面露笑容的九路田沒有任何回答。

有原因才會產生不滿。諸如缺錢、沒時間、東西不夠、缺人。不過只要能俐落解決，最後就只剩下「自己的能力」而已。

九路田就是這麼做的，他接二連三搞定了所有團隊成員提出的不滿。針對拍攝行程，他製作縝密的計劃表，直接找老師商量後爭取時間。即使是別人眼中不可能的拍攝地點，他也去地主家下跪獲得許可。在校外也找到了好幾個地點公開放映電影，甚至以此為基礎找到贊助者，成功募得資金。不論演員或器材，所有事情他都包辦得無可挑剔。

這下子團隊成員卻傷腦筋了。眾人原本瞧不起他，以為他不可能辦好，結果他全部搞定，現在責任落到自己的頭上。拍攝現場瀰漫可怕的緊繃感，所有人都超常發揮能力。

其中壓力最大的就是導演芝多。他原本是反九路田派的帶頭人，可是九路田準備得如此完美，逼得他必須拿出最棒的工作成果才行。

導演過程十分犀利。連平時會同意過關的演技都不輕易點頭，對演員的要求與日俱增。演員達不到要求他就罵人，導致演員困惑。這已經超越了單純的學生電影。如果不認真演戲，不，必須超越自己的認真本領，否則會死人。所以演員十分拚命，使出渾身解數。不論導演或團隊成員，都響應她的努力。

「我終於明白，為什麼你的團隊不是掛導演，而是掛製作助理的名字了。」

客觀來說，拍攝那部電影的人是導演，展現卓越演技的人是演員。但如果問任何團隊成員，究竟「是誰」創作了這部電影，任何人都會說出製作助理的名字。為了讓演員發揮最棒的演技，營造最棒舞臺的他，的確是最棒的製作助理。

結果就是——誕生了那部作品。即使略嫌馬虎，但是演員的演技與整體氣氛依然順利打動所有觀眾。那部作品的評價很高，在系上也迅速掀起熱門話題。稱讚演員了不起，導演很厲害。

其中，看過拍好的電影後，九路田對導演與演員這麼說：

「真是失望。導演用力過猛，舞臺式演技太誇張，導演與演員毀了這部電影。」

他這句話一脫口，演員當場放聲大哭。導演則咆哮聽不懂的話，動手毆打九路田，當時的氣氛似乎惡劣透頂。

可是所有人都無法反駁。因為展現最棒成果的人是製作助理。既然他的工作無可挑剔，在工作上就無法指責他。

所以眾人出於心情責備九路田，當成微弱的反擊。

「他們說你不是人——」

即使遭到眾人責罵，九路田似乎依然滿臉笑容。

結果這起事件成為導火線，導演芝多與演員松永接連輟學。可是原因並未提到九路田的名字。前面已經提過很多次，他的工作成果極佳。就算別人要找個說法罵他，也總認為他站得住腳，因此只能出於情緒反駁。

「芝多說過，你是會逼得對方完全走投無路，啞口無言的天才。所以找不到理由的人會陷入絕境，只能聊勝於無地反擊。」

這導致芝多有廣走投無路。所以他毫不猶豫跨越紅線，做出平常不該做的舉動，甚至糾纏不認識的女生。現在回想起來，與其說他的行動出於戀愛，或許更接近自殘行為。

九路田孝美是最棒的製作助理。作品品質很高，工作能力超一流。

可是不允許絲毫瑕疵的體制，接二連三壓垮了團隊成員，甚至逼人輟學。

他是天才，但他不是人。

向團隊成員打聽後，他們這樣罵九路田。

「以上就是關於你的本性。我說的沒錯吧？」

和剛才的我一樣，他也默默地聽我說。

他完全沒否定，臉上始終掛著淺淺的笑容，安靜得讓人覺得詭異。

原本溫暖停滯的空氣，彷彿激起細小的漣漪。之前一直籠罩我的不明事物逐漸融化，化為液體後浸透地表。

「嘻嘻嘻、嘻嘻、嘻嘻嘻嘻……咿哈、哈哈哈哈哈!!」

然後他突然放聲大笑。原本還憋住笑聲，不久後他張大嘴狂笑了好一會。

「調查得真清楚，我真服了你……難道你當過偵探喔。」

即使嘴上稱讚，但他絲毫沒有任何情感波瀾。

「所以呢，又怎樣？」

他的語氣與製作風格相同，絲毫不認為自己有錯。原本修長的雙臂無力地垂在身體前方，詭異地左右搖晃。

「說我不是人？這有什麼不好，為了做出好作品，以頂點為目標，這是當然的啊！結果那幫人也不看看自己有多廢，居然先找藉口。什麼沒錢啦，缺器材啦，沒時間啦，我還幫他們搞定了一切耶，難道我有錯嗎？完全沒錯吧？他們反而該感謝我不是？」

九路田發出嘻嘻的笑聲，笑得肩膀晃動。

「結果他們臉色大變，才終於拚命拍片。原以為他們多少能拍出像樣的作品，想不到試映後簡直笑掉我的大牙。無能的導演只會亂喊，演員也只會鬼叫，絲毫不懂得質疑。我本來都想回去了，心想至少說句感想，還特地講得很委婉。結果他們只顧著跟電影內容一起哭，害我以為他們在演短劇呢，嘻嘻嘻。」

他嘆了一口氣，然後露出錯愕的表情。

「創作就是戰爭啊。會死的傢伙逃不掉，會存活的就會活下來。指揮官只要在戰略層面殫精竭慮，專注追求最好的結果，安排棋子即可。戰術是現場人員的責任。只要得出結果，怎麼解讀是他們的事。又不是沒長大的小孩，居然要求指揮官解釋。這麼想聽別人誇獎，怎麼不回家向媽媽撒嬌啊。」

然後他再度詭異地嘻嘻笑。

「橋場，你知道在創作領域，什麼才是最重要的嗎？」

「……誰曉得？」

九路田眼珠子一轉，隨即大大睜開。

「當然是作品啊，這還用說。作品就是一切！不管企劃怎樣，團隊成員是誰，也不管錢或時間夠不夠，一切都看最後完成的作品啊。你看看那些眾人口中的傑作或名作，不管導演再廢，製作人再惡毒，或是演員脾氣再壞，只要作品優秀就能顛覆一切！創作者要擔心的對象只有一個，就是觀眾啊。想盡辦法讓觀眾大吃一驚就夠了。為了這個目的，不論團隊成員想做什麼，就算要我去死，只要能完成最棒的作品，一切都值得啦……嘻嘻。」

他的聲音彷彿鑽進耳朵後，緊緊貼附在內心的各個角落。

我可以感受到，九路田這番話深入我心中最脆弱的場所。而且彷彿還緩緩擴散。

噢，對了，我終於明白了。

明白這股不得而知，龐大又噁心的東西到底是什麼。

「所以怎樣？你覺得不能將志野交給我這種壞人？前面還特地長篇大論，結果你的個性這麼惡劣啊，喂。」

我平靜地搖搖頭。

「不。」

然後我堅定地露出笑容。其實我沒自信能順利笑出來。

「我的答案是可以，志野亞貴就麻煩你了。」

我感覺九路田的表情產生細微的改變。或許是我的心理作用，但我可能出乎他的些許意料，就像以針尖戳開一個小洞般。

「可以告訴我原因吧？」

九路田平靜地開口。

我跟著回答。

「因為你可以為了創作而不擇手段，是不折不扣的利己主義者。」

剛才停在柵欄上的小鳥，發出「啾啾」的叫聲振翅高飛。

不冷不熱的風吹拂臉頰。天空雖然晴朗無垠，潮濕的空氣卻讓人很不舒服。

「你說的話很粗魯，態度卻很認真，看待創作也很嚴肅。所以我認為，志野亞貴肯定會滿足你的要求。」

他依然面露笑容。

「即使你是大爛人，但毫無疑問，你有能力創作作品。而且做法和我完全不一樣。」

以結果而言，他留下了優秀的作品。

這項足以顛覆一切的武器很強大，無人能敵。

「嘻嘻嘻嘻，謝謝你這麼稱讚我。原來如此，爛透的大爛人認為我是個大爛人啊。」

「哦，我也是大爛人嗎。」

九路田睜大原本就很大的眼睛至極限，半張著嘴發笑。

神奇的是，看起來不像嘲笑，而是開心的笑容。

「難道不是嗎？你搞同人遊戲賺了大錢，結果操壞了劇本作家，逼得他輟學。這難道還不夠爛喔。」

他盯著我，捧腹發出「哈哈哈」的大笑。

「我從來沒騙過自己。可是橋場，你呢？假裝好人嘻皮笑臉，切割他人時卻比任何人都更不留情。這種豬狗不如的人居然說我是大爛人，有這麼好笑的笑話嗎？」

我早已做好心理準備。不論別人拿貫之罵我，或是毫不留情批評我做事的方式。

而且連挨罵之後該怎麼回答，我都早有準備。

「沒錯，我是個大爛人。所以我很了解你。」

正因為不了解他人的想法或痛苦，才能採取行動，並且拿出成果。

可是後來卻以殘酷的形式反噬自己。

其實我也可以裝作沒看到，問題是我太喜歡大家了，喜歡到無法這麼做。所以，

「我已經下定決心了。我要去了解大家的人生。即使腳下的路線產生分歧，最後我也會設法拉回自己身邊。」

從未來穿梭回過去時，我就下定了決心。

要當個不停散發熱量的人。還要吸收一切，不論喜悅、悲傷或憤怒，然後為了他們，為了作品而燃燒。

為了這個目的，我不會放過任何能利用的資源。即使是宛如鏡像版自己的「猛毒」也在所不惜。

「你說的也太誇張了吧。我可是會面不改色毀掉別人喔？明明已經目睹了實際例子……有什麼後果我可不管啊。」

「放心，因為我相信你。」

說完我轉身背對他。跟著踏實地邁開步伐離去。

隨後。

「哼，好啊。」

九路田笑了一聲。

「你可真狠啊。居然讓最重要的組員與擺明了很可怕的人組隊，只因為對方有能力。你簡直是瘋了。」

最重要的對象，是嗎。

他說得沒錯。我答應任他處置的對象，是我在未來世界如此重視，並且肯定我的人。

這簡直瘋了。我甚至心想，為了創作有必要犧牲這麼大嗎。

可是，我已經下定決心要做。

「我最棒的組員交給你了，拜託你做出最棒的作品。而我會超越你。」

「你做得到嗎？」

身後傳來質疑。

我僅轉過頭去，對他說。

「不是做不做得到的問題。而是我要做。」

然後我打開門，進入校舍內。他的所有反應已經離開我的視線。

我走在教室並列的走廊上。現在是上課時間，腳步聲顯得特別響。強烈陽光從走廊彼端的窗戶灑落，可以看見泛白的天空。

「——必須這麼做，否則我這次人生就白費了。」

我從口袋裡取出一張黃色的便利貼。

『讓志野亞貴與最棒的才能攜手。』

當初我是為了什麼才回到這裡。

我絕對不會忘記這個目的。

◇

幾天之前。

我安排時間仔細與志野亞貴對談，再次詢問她想做的，以及她感興趣的事物。

一開始我的計畫是，志野亞貴與齋川相遇，接受新的刺激後，或許她會恢復熱情。

結果我的算盤有一部分打對，另一部分卻打錯了。

見到齋川的畫後，

「美乃梨很厲害喔。一直在學畫畫的人果然就是不一樣。」

志野亞貴感慨良多地說。

「雖然知道她的畫與我的畫種類不一樣，但有些地方我實在追不上。這時候就有種……微微的刺痛感呢。」

「刺痛？」

「嗯。每當我想回到過去重來，或是覺得當初應該多以這種角度畫畫才對，身體深處就感到刺痛。」

蒙受重製人生之恩的我，聽起來特別有感觸。

「可是我只有現在而已呢。所以即使想多畫一點，卻始終提不起勁。」

見到志野亞貴露出寂寞的笑容，我就對自己的安排充滿罪惡感。

單純將競爭對手送到她身邊還不夠。如果搞不定擅長領域與努力方向等問題，可能只會害她失去幹勁，或是自暴自棄。

看到齋川的作品，志野亞貴毫無疑問受到了刺激。

（意思是要我接受這個事實，決定下一步嗎？）

之前剛想到這裡，九路田就在動畫實習課上主動找我。

記得他的確說過，他有志野亞貴可能感興趣的題材。還說下次見到志野亞貴的時候，會嘗試向她推薦。

過了一段時間後，志野亞貴難得興奮地來到我的房間。

「恭也同學你知道嗎？有人借給我好多動畫ＤＶＤ喔！動畫真是不得了，原來除了在電視上播映的以外，還有這麼多種啊！」

說到這裡，她攤開似乎是九路田借給她的ＤＶＤ。不停說著這一部動畫很厲害，那一部作品很有趣。

「這一部出現很大的手，既可怕卻又有趣。這一部則是光靠線畫就有驚人的深度。另外這一部的畫面很單純，可是開頭和結尾非常厲害呢。」

九路田挑的動畫十分多元。而且每一部作品都如他所說，有優秀的導演與編輯技巧。顯然他想改變志野亞貴對動畫先入為主的觀念。

「志野亞貴。」

「嗯？」

「看過各種動畫後，妳有什麼感想？還是對動畫不太感興趣？」

之前詢問的時候，她說對動畫興趣缺缺。會看只是因為作業的關係。

可是，

「我會想試試看。因為知道自己之前的作品只摸到動畫的皮毛。下次嘗試的話，或許可以挑戰這樣的作品。」

說到這裡，志野亞貴點了一次頭，

「嗯……或許我想嘗試挑戰動畫。因為好像很有趣。」

「……是嗎。」

老實說，我非常不甘心。在提高志野亞貴的熱情這一點，我比不上九路田。我的觀點一直停留在志野亞貴想做的事情，跳不出『她肯定想完整畫完一張畫』的成見。

我現在開口「那就一起製作動畫吧」倒是很簡單。她肯定也會一如往常，面露笑容回答我「好啊」。

但這種選擇不能算真正的進步。畢竟我沒有做動畫的計畫，而且九路田肯定早就想好了「要讓志野亞貴製作什麼動畫」。

所以我對她開口。

「志野亞貴，我有個提議。」

「嗯～？什麼提議呢？」

好像很久沒有見到這樣的她。充滿幹勁與想創作的動力，而且高興的不得了。看到這樣的她，我感到非常懊悔。

可是我發現了聯繫未來的道路。在這一點，我感到……非常高興。

◇

接著昨天召開會議，決定北山團隊今後的動向。

除了共享住宅的三人，河瀨川與火川也在場。所有人圍坐在終於用光座墊的被爐旁。

會議中，我站起來率先開口。

「這次的團隊名單，志野亞貴會排除在外。」

在一瞬間沉默後，

「不會吧!?」

第一個站起來的是奈奈子。

「恭、恭也你怎麼了!?和志野亞貴吵架了嗎？還是對人家做出色色的事情？如、如果是這樣的話，得遵守順序才行，否則對志野亞貴很沒禮貌喔！不對，我在胡說什麼啊！」

「恭也同學沒有對我怎麼樣啦～」

志野亞貴以悠哉的聲音制止奈奈子突然抓狂。

「那、那是怎麼回事，原因出在我身上嗎!?可、可是我在房間唱歌時，有先提醒志野亞貴以免妨礙她。還有，我也沒偷吃『好吃喔』泡麵，抱歉我不知道原因……」

我平靜地開口，安撫混亂的奈奈子。

「之前我想了很多。到底怎樣才是對她好，什麼才能讓她拿出真本事。可是和我們團隊一起創作，實在無法滿足這兩項條件。所以——」

我向志野亞貴提議，在九路田的團隊創作。

而且我推測，他多半會主動徵詢志野亞貴。

火川手扠胸前聽我的說明。

「橋場，你認為那個叫九路田的傢伙很厲害嗎？」

「嗯。至少我認為，他的提議可以讓目前的志野亞貴產生興趣。」

「是嗎，那我也贊成吧。讓志野亞貴做想做的事情比較好。」

他點了點頭，似乎接受我的意見。

「我也贊成。」

河瀨川跟著舉起手，簡短回答。

「因為這是一直共同創作的你所做的決定，肯定是好的提議。」

真感謝她幫忙朝好的方向解釋。

等到大家紛紛贊成後，奈奈子驚訝地環顧眾人。

「咦，這，志野亞貴……妳願意嗎？」

志野亞貴微微笑，

「我一開始就贊成喔～」

「志野亞貴……」

「進入這所大學就讀時，我就想多多學習。既然可以學到自己以前不知道的知識，我覺得下定決心，走不一樣的道路也不錯喔。」

志野亞貴非常積極又勤勉。

連我下定決心的提議，她都隨口回答「好啊～」彷彿事不關己一般。

可是輕易答應的深處，潛藏著挑戰全新事物，並且吸收的想法。這讓我再次尊敬她。

「放心啦，又不是永別。只是在別的團隊創作一下而已，奈奈子妳也放心，好嗎？」

畢竟之前我們一直共同創作，可以體會突然改變成員導致的混亂。畢竟北山團隊少了貫之還不到半年。

「我、我知道了……既然志野亞貴與恭也都這樣說了，那就這樣吧，沒問題的。」

讓志野亞貴摸摸頭後，奈奈子似乎終於同意。

「我不會認輸的。雖然不知道妳們要做什麼，但我會創作優秀的曲子，期望有朝一日再度一起創作！」

「哦，奈奈子真有幹勁呢。我也不會認輸喔！」

兩人不愧都是創作者。如果兩人太缺乏競爭，可能會依賴團隊，這可不是好現象。

要意識到對方的存在，卻又不能相互決裂，而是切磋砥礪。

我一直希望她們能這樣。

「大家雖然都有各種想法，但我們既是團隊成員，每一個人也同時都是創作者。正因如此……我希望避免遷就團隊，放棄自己想做的事物。」

大家都露出認真的表情注視我。

「我答應各位。等結束之後……一定會開創新的格局。」

◇

到了今天，一如我的預料，九路田展開行動。

我則依照事先擬定的計畫，向他宣戰。

即使我沒看過，但他應該會在自己的團隊名單寫上志野亞貴的名字。我還沒確定新・北山團隊要改名為北山團隊2，還是取新的名字，但是成員不會有志野亞貴。

加上離去的貫之，等於創始成員少了一半。一般而言，稱之重大變革也不為過，

下課後我很想找人聊聊，於是我發郵件給河瀨川。其實我有點懷疑，超級不擅長操作機器的她會不會看郵件，幸好寄過去後十秒鐘，她打電話來問「什麼事」。

現在回共享住宅的路上，我和她邊走邊聊。

「你的賭注還真大啊。」

她的語氣還是一樣錯愕。

「這是我多方思考的結果，所以我不會後悔。我要全力以赴。」

即使我如此回答，但是剛才與九路田談過後，我的手臂就一直發麻。

「總之去找團隊成員時，別露出彷彿剛殺過人的表情好嗎。」

「咦，我的表情有這麼可怕嗎……真的耶。」

我反問到一半，她掏出小鏡子讓我看，連我都對自己的表情嚇了一跳。

看來我剛才深刻思考的程度超乎想像。

眉頭皺得緊緊的，眼神也彷彿剛剛才殺過人。

如果我維持這種表情回家，大家肯定很擔心我。

「抱歉，我立刻改掉……」

「想想最近看過的蠢圖片或影片，露出完整的笑容。」

原來她也喜歡這種影片啊，不知道她喜歡什麼類型的。但是問她多半會挨罵。

「……不過老實說，我覺得只有你才想得出這種答案。」

「是嗎。」

「對啊，如果沒有好好面對志野亞貴，而是敷衍了事，就不可能有這種答案。正不正確先不論，過程才是最重要的。」

「希望是這樣。只求不要徒勞無功。」

我的語氣有些缺乏自信。

結果河瀨川突然繞到我的前方，

「我可以說句話嗎？」

「咦，咦？」

「世界上沒有任何事情是徒勞無功的！所以拿出自信來，全力以赴吧！」

一瞬間，當天在機場大廳的那一幕重現。

當時的河瀨川英子，以強烈的一擊讓身心俱疲的我恢復生機。原來她從這麼早就奉這句話為圭臬啊。

這讓我深深感受到，我真是幸福啊。

即使我的提議或發言可能帶給身邊的人不幸，但大家依然願意真誠面對我，或是像這樣給予支持。

成功回到十年前，最大的幸福肯定就在這裡吧。

「……謝謝妳，河瀨川。」

我由衷向她道謝，

「拜託，怎麼再次向我道謝啊，感覺很怪耶……」

理所當然，少了十年份的光陰積累，遭到河瀨川的質疑。

然後河瀨川依然不停嘀咕，同時不知不覺中，我們已經抵達了共享住宅前方。時間也接近黃昏，燈光從家家戶戶漏出。

「好、好了啦，我們到了。表情沒問題吧？」

「嗯，我已經想起壓箱底的有趣圖片，露出了笑容，所以沒問題。」

我深呼吸一口氣，打開已經熟悉的房門。

「我回來了。」

「歡迎回來～」

大家的聲音一如往常響起。
可是從今天開始，與往常會有些不一樣。
而且是帶有熱量與決心的改變。

第四章　「我，採取行動」

「我看到團隊名單了，你的安排很有趣啊。」

這一天，加納老師找我去研究室一趟。我等到鄰近期限才提交團隊名單，然後助教便叫我去找老師。

當然，我早就知道老師要說什麼。

「這是多方討論後的結果。」

實際上我也沒有其他的說詞。

「想必討論了很久吧，否則不會有這樣的團隊名單。」

老師一邊翻閱各團隊的名單，

「九路田與志野搭檔嗎……以這種組合製作動畫，的確可能會很有趣。」

同時感興趣地嘀咕。

果然在老師的眼中，也覺得這種組合很有趣嗎。

「你們團隊已經決定要做什麼了嗎？」

「不，還沒有。目前還卡在勸某人加入的環節。」

和之前的影傳系作業一樣，團隊成員與演員卡司不一定非得找同系同學。我們團隊也打算找一名外系同學加入，但她始終不肯點頭，目前依然在交涉。

不用說，少的人當然是志野亞貴的後繼者。

也就是插畫師。

「希望你們相互加油，老師期待你們的有趣影片。」

有趣的影片嗎。

這次要比賽播放數，留言數，以及我的清單數。

基準並非影傳系內覺得「有趣」而已，光是這一點就相當困難。

不過很容易想像，老師口中的「有趣」包含了以上這些要素。老師這番話的意思，照理說不會侷限於個人觀點。

（總之努力溝通吧……嗯？）

老師的桌上一如往常，堆滿了不知名的資料。有ＤＶＤ、商業影帶、劇本等很常見的東西。不過我在裡面發現了罕見的玩意。

「咦，老師……也在玩遊戲嗎？」

其中參雜著一臺家用遊戲機，以及幾款遊戲。

「這也是工作的一部分。動作或射擊遊戲可以輕鬆通關，但ＲＰＧ很花時間，所以老師也吃不消。不過內容十分有趣，所以還是玩了。」

我看了看遊戲標題，並不是能輕鬆過關的動作或射擊遊戲。真佩服老師還是一樣硬核。

「橋場你知道得勝者軟體公司嗎？」

「咦，噢，當然知道。」

不久前還待過呢，我心想。

十年前的得勝者軟體公司正氣勢如虹。彷彿事先料到業界前途堪憂，他們也著手開發家用機遊戲，此時正是開始穩健顯現成果的時期。

「我們系上有畢業生在那裡工作。聽說他們擴大規模，想增加ＩＰ數量，所以希望老師幫忙介紹出色的學生。真會找麻煩啊。」

「ＩＰ？不是增加人手嗎？」

「噢，就像以前經常有同人遊戲社團直接變成美少女遊戲公司。他們似乎想創作家用遊戲機專用的小品ＩＰ。」

「但為何不選擇美少女遊戲呢？他們應該比較熟悉這方面的訣竅。」

「這種遊戲比較難向海外推廣啊。而且因為市場狹窄，他們有心擴大吧。」

從這時就準備布局那片市場了啊。該說有先見之明嗎，危機管理能力真是強大。

即使回想我一開始那個世界的記憶，得勝者軟體公司這個品牌也很擅長應對這種未來。他們已經著手開發尚未有人涉足的手遊，還很早移植自己公司的遊戲到智慧型手機上。

他們在這個世界肯定也能順利經營，成為業界的領頭羊。
「等橋場你升上四年級，就能整支團隊加入吧。」
「嗯……也對。」
二年級要談就職的確還太早。當然以現實的角度來說，早點考慮絕對有好處。
「總之現在得先專心搞定團隊的成員。」
「的確，這比創作更重要呢。」
老師一邊喊著不燙，一邊喝了一口咖啡，然後面露笑容。

◇

老師說的沒錯，眼前的問題比創作更重要。
在這支製作團隊開始創作前，我已經嘗試接觸某個人物。
喜歡畫畫，具備畫技，又有意願，而且就在我們身邊。
結果萬事俱備，只欠東風，有件事情我看走了眼。
（想不到她會如此抗拒。）
我一邊抓抓頭，同時進入共享住宅，前往當事人的房間。
然後，

「齋川，我回來了。我們繼續聊聊吧。」

結果房間內立刻傳來宏亮的回答。

「不要!!我、我絕對不加入團隊!!」

一開口就拒絕，聽得我嘆了一口氣。

「我知道齋川妳的擔憂，所以我們先談一談吧。之後再決定也不遲，好嗎？」

房門另一側傳來細微的聲音。

「……可是如果與學長談過，我一定會被學長說服。」

「別這麼急著斷定嘛。我保證會給妳選擇的自由。」

「不！就算學長讓我選擇，我也不認為自己有能力辦到！肯定會趁我開不了口時說『沉默就代表同意囉』，一定會這樣！」

齋川似乎對自己的意志相當缺乏自信。之前她打跑糾纏不休的芝多時，明明有強烈的自我主張。

「知道了，那妳待在房間就好，再次聽我說。」

「唔，好啦……」

我從包包取出企劃書，確認內容。

這次製作影片，我們北山團隊△（Tri）提出的企劃案是創作以插畫為主軸的靜畫電影。

以奈奈子創作的音樂為基礎，利用連環畫劇的方式講故事。同人音樂的MV經常採用這種形式，並不稀奇。

光從這一點來看，選擇插畫就非常重要。原本應該由志野亞貴負責，但她已經脫離團隊，這次當然無法委託她。

所以，

「我希望由妳負責插畫。」

其實我本來就考慮過，原以為這是既定路線。

「絕對不要，不行！」

結果她比我想像中還頑固。

「如果我答應的話，代表我的圖要讓大眾觀賞吧？」

「……嗯，是沒錯。」

現在說謊讓她放心沒有意義。之後她如果發現自己上當，肯定會嚴重受傷。

畢竟要是引發話題，播放數有可能衝破百萬。

「而且還要和亞貴學姊的動畫競爭，我還早了五億年啦！」

（唔～沒辦法。她絲毫不肯讓步呢。）

我委託齋川的內容，是根據之前的發展所作的判斷。

剛來到共享住宅的時候，她似乎還不習慣給別人看自己的畫。自從讓志野亞貴看過後，在志野亞貴幫忙勸說下，其他成員也逐漸有機會見到。

接著她還慢慢放鬆戒心，讓別人觀賞以前一直藏起來的數位繪圖。她的風格和志野亞貴不一樣，接近真實的頭身比例。如果當成家用遊戲的二次創作，應該有機會受歡迎。

正因為發展到這個階段，我才會以為沒問題……結果要讓她的作品在陌生人面前亮相，門檻似乎比我想像中還高。

一下子就前途多舛呢。這也難怪，因為她之前的定心丸如今不在了。問題爆發的階段比我想像中還要早得多。

◇

插畫師的問題依然沒有解決，我召開第一場小組會議。

「之前已經說明過作業內容，大家應該都知道……不過保險起見，我再解釋一次。」

這次的作業是製作五分鐘以內的影片。

由於沒有限制至少要做幾分鐘，講得難聽一點，一秒鐘的影片也可以。當然這種勒虎鬚的行為肯定會激怒加納老師。

有五分鐘的話，足以組成不算短的戲劇。可是這次要在 Niconico 動畫發表。既然目的是比賽撥放數在內的各項數值高低，肯定得做目前當紅的主題。

所以我已經決定了大框架。

「我想製作利用 Vocaloid 的ＭＶ。」

這個詞在二〇一八年都快沒人使用了，不過在二〇〇七年，

「……Vocaloid 是什麼？」

從所有人頭上冒問號的模樣來看，大眾還不熟悉這個詞。

「是電子樂器的一種吧。屬於新技術的總稱，只要輸入文字，選定音階後播放，軟體就會依照音階唱出來。」

河瀨川維基小姐一如往常向眾人解釋。

「咦，可是由我來唱歌不就好了嗎？」

奈奈子的意見很有道理。

「當然，不過目前大家都在享受這種新技術。所以我也想巧妙運用這股趨勢。」

「嗯～是這樣啊……」

她似乎還似懂非懂。

接著手扠胸前，歪著頭的火川開口。

「意思是說，要由負責插畫的人繪製初茵的圖嗎？」

「嗯，我是這麼想的。」

聽到這裡，奈奈子再度發問。

「咦，等一下，初茵是誰啊?和剛才的 Vocaloid 不一樣嗎?」

過程好像愈來愈像之前製作同人遊戲的時候了。

「初茵是設定上發出 Vocaloid 聲音的角色。目前在插畫界似乎相當受歡迎。」

河瀨川維基小姐的觀察範圍也未免太寬廣啦。

奈奈子以我的電腦搜尋初茵，然後反覆點頭。

「哦，真可愛……這就是初茵啊。」

如果我現在聊起二創的話題，奈奈子可能一下子跟不上。

「下次再補充說明吧。總之先決定大家的工作。」

總而言之，Vocaloid 影片沒有歌曲都是空談。

因此這一次，工作的重心在奈奈子身上。

「奈奈子，妳先構思曲子。等匯聚到一定程度後，再以曲子為基礎決定概念，進入角色設計階段。」

「咦?這個叫初茵的角色不是已經設計好了嗎?」

對於奈奈子的疑問，

「問題就在這裡。我們並非直接使用，要加入改編。」

使用初茵的影片大致上分兩種：一種是直接使用初茵的人設，另一種是使用改編後的原創初茵。

一開始前者占絕大多數。不過後者開始流行後，所有創作者都開始構思改編版初茵。

「所以負責插畫的人需要活用初茵的設計，還得配合歌曲的世界觀，構思原創要素。」

這是難度很高的要求。我知道這對最近才聽過Vocaloid與初茵的人而言相當困難。

正因如此，我才認為如果沒有齋川這樣的素質，將會很難勝任。

「意思是我如果曲子做不出來，就完全做不下去吧？」

搜尋足夠初茵的圖片後，奈奈子嘴裡嘀咕。

「畢竟是MV，有曲子才做得出來。」

「是嗎，可是目前絲毫沒有提示呢。這是我第一次從零開始作曲，實在有點不安。」

之前要求奈奈子作曲時，我明確指定要依照遊戲的世界觀。所以該做什麼很清楚。

這一次卻沒有提示，頂多只有利用初茵改編。我當然知道這很困難。

「這是首次嘗試，一開始瞎子摸象也可以。首先試著作曲看看。之後也有機會擬定對策。」

雖然奈奈子依舊嘀咕，

「唔～我知道了。但是一開始可別生氣喔？」

「不會不會。」

話說我以前也從未對奈奈子的創作發脾氣。頂多只有不想去上課耍賴的時候，我從被爐裡拖她出來。

「好……那就開始吧！」

新創的北山團隊△，在多災多難中重新啟動。

◇

「嗚哇～我果然不適合作曲～!!」

「不會啦！我只是說類似之前做曲子的感覺，試著添加一點新的元素而已！」

「這樣很難耶！光是突然要我創作新曲就夠難了，還要求與上次不同的風格，這樣我會混亂啦～嗚哇～」

團隊重啟後過了三天。

北山團隊△馬上面臨考驗。

「嗚嗚……是恭也你說不會罵我，我才作曲的。可是你的眼神好可怕，聽了曲子也完全沒有笑，我受不了了啦～!!」

總之我讓奈奈子完全放開手腳作曲。因為我想測試奈奈子的原創性，或者說從零開始會誕生什麼樣的作品。

「眼神可怕或是沒有笑也不能怪我啊，因為我聽得很認真耶……」

可是奈奈子目前似乎不太擅長靠自己，創作出包含世界觀的作品。

我讓她做的曲子聽起來的確很「完整」，可是多數部分並未脫離既有的音樂範疇。要引起他人的興趣，感覺力道稍嫌不足。

所以我一邊委婉地告知，同時問她能不能進一步重視原創性，

「我一輩子……都不離開這間房間了。如果恭也你不對我體貼點，我就要像寄居蟹一樣在這裡終老。感謝你的長時間支援……」

結果她卻開始耍賴。

「真是過分啊，我怎麼偏挑這種時間跑來呢。」

連前來討論內容的河瀨川都錯愕到不行。

「哇～連英子都罵我～！討厭，我真的不離開房間了喔！」

「不是的，我覺得過分的人是橋場。」

「呃……」

即使多少猜到她會這麼說，可是這麼不留情面，聽了真難受。

「即使是為了觀察奈奈子的資質，突然毫無提示讓她創作的風險也未免太高了。如果不提點她一下，只會再三打擊她的自信吧？」

「妳說得沒錯……」

「耶～耶～！恭也被英子罵了～♪」

「奈奈子也得增強一點抗壓性，不然很傷腦筋呢。」

「咕哇。」

本團隊的歌手發出青蛙被壓扁般的聲音，就此沉默。

「不過再這樣下去，會陷入僵局呢。橋場你有想法嗎？」

「嗯，大致上也準備好了。」

我將剛才置於一旁的資料挪到手邊，讓河瀨川看。

「這些連結頁面目前是Vocaloid領域中，作品很有趣的作家。還有已經在同人樂界十分活躍的翻唱歌手ＣＤ，另外是集合了改編版初茵插圖的同人誌。我想讓奈奈子看看。」

奈奈子似乎很感興趣，剛剛還說要像寄居蟹一樣不出門，現在從房間傳出窸窸窣窣的聲音。

「也對，既然知道從零開始創作很難，接下來就會給這些提示。不過……

河瀨川露出思索的舉動，

「我不太會形容，不過這一次的作品，可能必須尋找更困難的部分才行。」

說完，河瀨川再度開始思考。

河瀨川不會沒頭沒腦亂發表意見。既然她會說出口，代表她擔心這次的企劃。

即使我對這次的摸索感到有趣，同樣也預料到再這樣下去，企劃遲早會碰壁。

其實我也事先想好了危機時的對策，可是——

（……現在還不是動用的時候。）

我隱藏內心想法的同時，將剛才的資料放在奈奈子房間前。

「奈奈子，總之資料我放在這裡，想看的時候就看……」

結果房門開了一道小縫，奈奈子只伸出手抓起資料，隨即躲回房間去。

「真的想當寄居蟹喔！」

總之，還好她似乎還有幹勁。

◇

大學開始放暑假，有些從老家來到大阪念書的學生開始返鄉。北山共享住宅四周的學生人數在這時期也少了一大票。

如此一來，打工的人當然也跟著減少。從這時候看到不少店家貼出徵人啟事。

「歡、歡迎光臨……」

距離老家較近，沒有返鄉而留在共享住宅的齋川美乃梨，表情緊張地挑戰超商打工。

「嗚嗚~好緊張。」

「看得出來，妳全身上下散發緊張的氣息。」

明明上一份打工也是服務業，但她似乎沒什麼經驗。

Moon Rabbits 咖啡廳的打工因為出了各種問題，齋川改找別的工作。她的老家還算富裕，光靠老家給的錢就足以維持生活。不過為了讓生活增色，她還是選擇找打工。

然後我和奈奈子打工的超商正好在徵人，介紹後超商立刻錄取了齋川。

「真的受到學長全方位的照顧呢。」

「不用放在心上啦。」

「但是，呃，和那件事情是兩碼子事。」

「……這麼快就打預防針啊。」

其實我本來想稍微提一下。

結果齋川到現在依然不肯接下插畫師的工作。

「奈奈子，妳可以幫我陪一下齋川嗎？」

我向奈奈子開口後，正從炸鍋中撈起炸物的奈奈子說：

「我現在是寄居蟹，請不要找我說話～」

「妳還堅持那種設定啊。」

她似乎還在鬧彆扭，這樣回答我。

「這是工作，請寄居蟹學姊認真一點。」

「我不是寄居蟹學姊！」

聽得奈奈子一肚子火，同時來到齋川身邊。

「有人教過妳怎麼按收銀機嗎？」

「噢，剛才店長與橋場學長教過一遍了……」

「嗯，那麼我確認一下，等下一位顧客結帳時試試看。」

「好的。」

齋川以不習慣的動作按收銀機，奈奈子在一旁仔細教她。

絲毫沒有前幾天像小孩子一樣耍賴的模樣，現在的她是正常的體貼學姊。

「謝謝學姊，謝謝學姊。」

似乎教完了一輪，齋川向奈奈子低頭致謝。

奈奈子隨口回應「沒關係啦～」同時進入後場。

「雖然動作還有些僵硬，不過美乃梨很認真，應該很快就能記住。」

「謝謝妳，看起來感覺還不錯。」

齋川做事不馬虎，收銀機應該不太會按錯。

「……當寄居蟹的時候，我有仔細看過資料，聽過音樂。」

奈奈子有些難為情地嘀咕。

「是嗎，謝啦。」

即使嘴上抱怨，她依然盡到自己的責任，真是太感激了。

「有什麼感想嗎？」

「嗯，這個……雖然我不太理解。但我還是比較習慣正常地作曲，然後唱出來。」

是指 Vocaloid 嗎。畢竟奈奈子自己會唱歌，也難怪她會這麼想。

「不過。」

說到這裡，奈奈子頓了半晌，

「連不會唱歌，或是討厭唱歌的人都能製作有 Vocaloid 的曲子。這一點我覺得非常了不起。」

沒錯，這才是 Vocaloid 震撼業界的原因。

總有一天，這股趨勢會傳遍整個音樂業界……話說以前的奈奈子正好屬於這一類。

「總之我會再堅持一下。抱歉，恭也你也得繼續陪我喔。」

「當然沒問題。」

反正我從不認為能輕易搞定，不如說奈奈子能積極面對，我就放心了。

今天打工結束。稍微和她聊聊吧……就在我如此心想時，

「哎呀，不好意思！」

從櫃檯傳來聲音，我們兩人急忙探頭一瞧。

「不小心忘記放進去了，非常抱歉。」

似乎是齋川忘記放冰淇淋湯匙，客人糾正了她。

「幸好不是重大失誤。」

「……嗯，同意。」

實際上由於齋川全力道歉，小失誤似乎圓滿地結束。

「對、對不起，對不起！」

顧客也笑著向不停低頭賠罪的齋川說「別放在心上」，還反過來鼓勵齋川「打工加油喔」。

似乎順利熬過了難關。

「太好了，好像搞定了呢，奈奈……」

我往身旁一瞧，發現奈奈子露出認真的眼神注視齋川的動向。

感覺不像打工的前輩關心新人。瀰漫的緊張感更像是動物注意狩獵的模樣。

「呃，奈奈子？」

我又問了一次，奈奈子這才平靜地開口。

「犀利，完美，了不起。」

「咦？」

「她果然天生具備……攻陷男人芳心的方法。好羨慕……我沒辦法這麼自然呢……」

「……拜託別佩服這一點好嗎。」

對奈奈子這種做事風格的人而言，可能很難學會這種技能。

◇

當天打工結束後，我和奈奈子在住處直接開始工作。

「那我多寫幾段小節，如果有哪裡在意就告訴我。」

「嗯，好。」

奈奈子點頭後，熟練地操作混音程式，開始有節奏地安排譜面。

經過春日天空的製作，奈奈子的工作效率顯著提升。果然即使不情願，經歷過實戰後依然能讓人大幅成長。

「你聽聽看這個。」

「好。」

我從頭開始聆聽她迅速製作的小節。留下來的部分就保存，同時毫不留情刪除不留的部分。

雖然覺得有點可惜，但對奈奈子而言，果斷地割捨也可以繼續新的創作。

「因為沒有留戀啊。如果不創作新的好作品，心裡就會介意。」

「奈奈子……妳真的變堅強了呢。」

「還不是接受過惡鬼的鍛鍊。」

即使嘴上咯咯笑，奈奈子依然沒有停止工作。

這時候的她，看起來真的很快樂。

在反覆嘗試錯誤的過程中，奈奈子突然問了一句。

「還是無法說服美乃梨加入嗎？」

「嗯，她說還是無法擺脫害羞的感覺。」

「是嗎，畢竟一開始都會這樣。我當初也很難為情啊。」

「話說奈奈子以前也很抗拒上傳影片呢。」

「對啊！可是恭也你說非上傳不可……真是的。」

雖然我嘴上不斷道歉，

「不過還好當初有上傳吧？」

奈奈子有點不好意思，

「……嗯。我完全沒想到會有各式各樣的人回應。如果沒有跨出那一步，我就不敢在他人面前唱歌，也無法下定決心了。」

她的眼睛炯炯有神。以前的她根本不敢面對自己心中的事物，但如今的她已經勇於相信自己認真的實力。

「總之必須實踐才行。即使不斷失敗，最後成功就好了。」

即使嘴上不停發牢騷，但她還是很堅強。

不論歷經多少次失敗，是否依然相信將來會開花結果。我認為這才是能不能成為創作者的境界。

「好，那就再創作一點吧。」

奈奈子「唔──」一聲伸了個懶腰，再度回到混音程式的工作上。

長短不一的棒子從左往右，像拍打波浪一樣連在一起，看起來彷彿一張畫的製作過程。

（啊……）

由於會吵到奈奈子，我沒有真的拍。但如果這時我獨自一人，肯定會一拍大腿。

對了。其實我很久以前也見過奈奈子的這種態度，長時間面對牆壁的感覺。我以為我永遠忘不掉，也不可能忘記。可是一直受到覆蓋在上頭的其他記憶干擾，才會暫時擱置。

不過事到如今，當時的記憶再度鮮明地在我面前復甦。在同樣漆黑的房間中，僅平靜地響起工作的聲音。

「唔～今天就到此為止吧……咦，恭也你怎麼了，表情好嚴肅。」

「不，這反而是有機會解決難題，左思右想後的表情，肯定是吧。」

奈奈子不解地歪著頭。

◇

隔天。我下定決心，敲了敲她的房門。

「齋川，現在方便嗎？」

當然，我繼續展開勸說。

「……是可以，但我並沒有點頭答應喔？」

一開始就拒絕我，她還真是倔強呢。

「今天不是一開始就來拉妳加入的。而是想聊聊。」

「聊聊，是嗎？」

「沒錯。我不會要妳加入團隊，所以可以出來一趟嗎？」

然後大約等了五分鐘，齋川才終於離開房間。

「這個，有句話我先聲明喔。」

「就說不會拉妳加入了啦。」

我隔著桌子，讓齋川坐在我對面。

再次保證不會拉攏她之後，我才開口。

「齋川妳喜歡畫畫吧？」

「嗯，喜歡。」

「可是卻不喜歡讓大眾看到妳的作品。」

「……嗯。」

剛才這句「嗯」聽起來有點虛弱。

「問題是，妳打算將來從事畫圖的工作吧？」

這次齋川沒有開口，而是點頭示意ＹＥＳ。

「我知道不能再這樣下去。可是無論如何都不敢讓陌生人看到自己的作品。」

她嘆了一口氣。

「其實我不應該去想別人。就算我能畫出讓自己滿意的作品，可是一想到別人會怎麼看，怎麼想……就會完全畫不出來。」

然後她繼續說了句「對不起」。

「學長難得給了我這麼多幫助。其實我想報答學長，可是唯有繪畫這方面，實在沒有勇氣跨出去。」

她之前一直為了自己畫畫。可是一旦在意他人的想法，就不敢再動畫筆。其實可以理解她的心態。

可是再這樣下去，她要從事畫圖工作的夢想，將永遠遙不可及。

「跟我來。」

我告訴她之後，回到二樓自己的房間。

然後坐在工作用的電腦前，開啟以前的工作檔案。

「妳從志野亞貴那裡看過幾張春日天空的圖呢？」

「嗯，二十張左右的決定稿原畫。請問怎麼了嗎？」

我點頭示意後，以滑鼠游標指著名稱為『原畫草稿』的檔案夾。

「其實要得到志野亞貴的許可才能看，但這次算是特例。妳可以答應我嗎？」

「好、好的……」

即使緊張，齋川依然用力點點頭。

「知道了，那妳打開這個檔案夾看看。」

利用從我手中接過的滑鼠，齋川點開檔案夾。

「咦，這是……」

打開的瞬間，齋川頓時摀嘴說不出話。

檔案夾內有無數檔案。所有檔案都是圖檔，而且當然包含事件圖片的草稿。種類各式各樣，有稍微上過顏色的，或是黑白鉛筆畫。不過唯有一項共通點。

「……都是同一張指定圖吧。」

「嗯，沒錯。」

構圖有微妙變化，或是人物大小略有差異。但是所有檔案都是指定為ｅｖ16的「同一張圖」。

「即使畫到了指定陰影或暫時上色，都分別重來了兩次左右。至於重畫的次數……應該達到三位數吧。」

「重、重畫了一百次以上，是真的嗎!!」

齋川忍不住驚呼，然後急忙摀住自己的嘴。

「原來橋場學長看起來和藹可親，實際上非常可怕呢……」

「可怕？」

「的確很可怕啊，竟然要求亞貴學姊重畫上百次，一般人怎麼可能這樣要求……」

見到我的表情，齋川似乎發現蹊蹺。短暫沉默後，她露出難以置信的表情低聲說。

「請問，難道這些重畫的要求……」

我點點頭，

「妳想的沒錯，這些重畫的要求幾乎都是志野亞貴自己提出的。」

重畫的原因五花八門，但即使向我解釋，我也完全聽不懂。不過重畫後交給我的稿件，的確比前一張原稿進步了些。

「志野亞貴的評價標準向來不是別人覺得怎樣，而是自己覺得好不好。」

「自己覺得……是嗎。」

即使面對多得誇張的草稿而茫然，齋川依然喃喃自語。

「沒錯，她一直在與自己戰鬥。」

然後我站起身，

「我還有一件東西想讓妳看看。」

陪齋川走出房間後，我安靜地轉動旁邊房間的門把。

「學、學長，這不是亞貴學姊的房間嗎……！」

「我也事先獲得許可了，沒關係。」

然後我向齋川招手，兩人一同從門縫窺看房間內。

在陰暗的房間中，只有後方的螢幕發出光亮。

「亞、亞貴學姊……」

齋川忍不住脫口而出。

房間傳來專心一志的畫筆遊走聲，以及細微的呼吸聲。圖畫隨著時間接近完工。可是眼看幾乎畫完的圖，志野亞貴也毫不猶豫刪除，又重新畫了一張。

「怎麼會，不是幾乎畫完了嗎。」

「對她而言，那不是捨不得刪的原因。」

即使我們旁人覺得接近完成的原稿，只要她不滿意，就等於白畫。

然後我靜靜關上志野亞貴的房門。

我陪齋川再度來到一樓。走下吱吱作響的樓梯，我再度向她開口。

「要當職業畫師，在意他人的目光也很重要。以這一層意義而言，我認為志野亞貴還沒達到職業的領域。」

實際上，她還不太擅長接受指正後修改稿件。

「不過在進入職業領域前，志野亞貴已經具備身為插畫師的重要事物。所以我希望她能進一步成長。」

「學長說的重要事物……是指與自己戰鬥嗎？」

我點點頭。

「沒錯，因為做得到這一點的人，肯定能創作出好作品。」

不論志野亞貴，或是奈奈子也一樣。能自己否定自己才值得信賴，可以一起創作。

齋川似乎在思索著。她一臺階一臺階，緩緩走下階梯，

「亞貴學姊真是厲害……」

同時喃喃自語。

然後我們再度面對面，隔著客廳的桌子坐下。

「以前在社辦打招呼的時候，我曾經對妳說，想一起創作吧？」

「……嗯，是的。」

「妳有什麼感想？」

齋川彷彿恍然大悟般，視線望向空中。

「我當時心想，以前我一直只為自己畫畫，可是學長怎麼會找我一起創作呢。」

我緩緩點頭。

「不過聽到剛才那番話之後，妳現在能理解當時我為何會那麼說了嗎……」

「啊……」

宛如終於領悟，這次換齋川略為點頭。

「和我們一起創作，別人的確有機會看到妳的畫。但這只是結果。現階段我完全沒提到要妳在意他人的眼光。我希望在我們的作品裡，使用齋川妳覺得好看的圖畫。這樣……還是不行嗎。」

我低下頭去。

「我們需要妳的圖。」

房間的時鐘平靜地發出聲音。齋川始終沉默不語。

在外頭奔馳的機車發出響亮的聲音，由遠而近。車子可能改裝過，刺耳的引擎聲一瞬間接近，不久後又離去。

「呃，學長……請抬起頭來好嗎。」

聽到齋川以極度過意不去的語氣敦促，我才抬頭。

「哎……」

齋川嘆了一口氣，然後嘟起臉頰表達不滿。

「學長果然很可怕呢。」

她一臉苦笑，

「之前明明保證不拉我加入，最後還是勸了呢。」

可能受到說服心有不甘，她這麼說。

「嗯，或許吧。不過，」

我筆直望向齋川。

「我可不會讓真的不想畫的人加入喔。齋川妳不是也希望臨門一腳的契機嗎？」

她對志野亞貴的畫與活動展現強烈興趣。其實她已經接近自己也想嘗試的階段了。

正因為她如此心想，我才會拉攏她。

「呃，這個……」

齋川難為情地低下頭去。

「就是這樣……抱歉。」

我差點忍不住笑出來。奈奈子也是這樣，這間住宅裡有好幾人都不太坦率呢。

「那麼再一次……可以請妳加入北山團隊△嗎？」

齋川用力點點頭。

「雖然我還不成熟，但是請多多指教，學長。」

這次她並未苦笑，而是露出爽朗的笑容。

「我也想效仿亞貴學姊，和自己戰鬥。」

「好，那就馬上來說明企劃。」

然後我拿起資料，開始向新任插畫師說明企劃。

◇

於是北山團隊△好不容易才正式啟動。

齋川一旦拿出真本事，進度就很快。她坦率又確實地理解我的要求，接二連三完成改編版初茵的設計稿。

「話說這些不是等音樂確定後再畫比較好嗎？」

「不，首先必須增加選項，所以妳可以想到什麼就畫什麼。」

照理說不可以這樣向職業插畫師訂製，但齋川完全是第一次，為了讓她習慣，我向她說明計畫，再讓她多畫幾張草稿。

「唔……還不行……唔唔……」

至於煩惱中的作曲家，似乎連第一步都還沒跨出去。

我也盡可能陪在她身邊，設法提示線索……但似乎始終缺乏關鍵性的一步。

另一方面，志野亞貴關在房間裡的次數愈來愈多了。

「我回來了～呼～好累喔……」

打聽九路田團隊的資訊算是犯規，所以我沒開口。總之他們團隊討論得相當仔細。

「歡迎回來～飯快煮好囉。」

「謝謝～是筑前煮，不錯耶。」

志野亞貴坐在客廳的坐墊上，吁了一口氣。

「似乎很疲勞呢。今天又在討論嗎？」

「嗯，九路田同學上演獨奏會呢～」

他們團隊的討論，或是概念說明的方式逐漸產生變化。聽說改成當著成員的面製作概念資料，以幻燈片投影同時展開熱烈討論。

如果趕上時代，這種風格應該很適合創投公司的老闆。不過我提到，難道不會有被強迫的感覺嗎，

「很容易聽懂，讓我有種想創作看看的感覺喔～」

志野亞貴倒是給予肯定，代表他沒有因此自以為是吧。

（難道他稍微改變了風格嗎……還是他一開始就是這樣呢。）

無論如何，幸好九路田的為人大致上一如預料。

為了創作優秀的作品，他會不擇手段。即使有可能引發悲慘的結果也在所不惜。

如果這樣下去，能激發志野亞貴的新風格……就是好事一件。

「啊，亞貴學姊，歡迎回來！」

接著房門開啟，齋川小跑步從房間跑出來。

「我回來了，美乃梨，有乖乖嗎？」

「嗯，有喔～！」

齋川蹲下來，讓志野亞貴輕拍頭頂。

眼前這一幕……真是完美啊。

「還有不好意思，又有圖希望學姊幫忙看了……」

「當然可以啊～」

然後齋川在客廳桌上接二連三攤開自己畫的圖。

她的問題非常多，從繪畫的基本到細節都有。不過志野亞貴全都仔細回答她。

「美乃梨大致熟悉了數位繪圖呢。」

「哇、哇……我覺得好開心……！」

志野亞貴說得沒錯，齋川已經熟練得讓人吃驚。

原本她還不太習慣數位繪圖，連上色都無師自通，線條也接近原稿。現在已經懂得在賽璐珞上色法添加多樣化的漸層，製作獨特的網點。

最重要的是，大膽使用紋理的修飾很有意思。目前這年頭還沒多少人確立這種技法，看起來相當引人注目。

「這也歸功於亞貴學姊提供建議。」

添加紋理受到稱讚後，齋川害羞地表示。

「添加在我的畫裡感覺不合，不過換成美乃梨的畫風，感覺就很酷喔。」

兩人相互影響，同時發揮自己的優點，才是我原本心中擘劃的藍圖。

目前志野亞貴似乎還給予較大的影響，但今後肯定會有更多相反的情況。真期待這一刻的到來。

◇

晚餐後，奈奈子打開廚房的櫃子一瞧，

「哎呀，儲備的醬油沒有囉。」

「咦，已經用完了嗎。其他的呢？」

「味醂與沙拉油……還有廚房紙巾吧。」

「之前不是才剛買了廚房紙巾嗎……」

說著我望向一旁，見到志野亞貴歉疚地舉起手。

「……我之前又打翻了不少水。」

我一臉苦笑，

「那我去超商買點東西吧。」

「謝啦，那就拜託囉。先買齊不夠的東西就好。」

奈奈子確認其他的儲備物後，寫下清單交給我。

「啊，那我也幫忙吧，帶我一起去～」

「別這樣，讓我去吧……」

齋川正要站起來，不過志野亞貴卻伸手制止她，

「畢竟是我用光了廚房紙巾，讓我去吧……！」

然後挺起胸膛表示，聲音聽起來特別有責任感。

進入七月下半後，的確感受到天氣的燠熱。

今天有風，還不算特別熱，換做平常可就汗流個不停了。

「真是熱啊～」

志野亞貴也邊走邊以手搧臉頰。

「之前難得賺了錢，至少在客廳裝個空調吧。」

共享住宅內沒有空調。所以之前討論過好幾次，要不要大家合資買一臺。

可是畢竟價格昂貴，而且可以開窗或開風扇。實在忍不住就大家一起進咖啡廳，勉強還熬得過去。結果最後擱置了這件事。

接著就是製作同人遊戲。我們賺到的錢以大學生而言還不少，安裝空調都綽綽有餘。

「可是依然不知道會發生什麼事，還是留下來吧。」

「也對……」

於是空調的話題再度束之高閣。

貫之留下來的錢，我一分都沒有動用。應該說甚至沒花到自己分得的那一份。

因為發生了許多事，我們基於現實的判斷，才決定留下來有備無患。

走在河邊的步道上，同時志野亞貴再度開口。

「恭也同學，你今天露出幾分擔憂呢。」

「咦……哪有，沒有啊。」

「不，的確有。在我提到九路田同學的時候。」

對志野亞貴真的不能說謊呢，我心想。

她的語氣與散發的氣氛十分悠哉，但是每個段落的用詞十分犀利，直覺也很敏銳。

雖然不太可能，但如果我在未來的世界出軌的話……可能會發生很可怕的事。稍微想想就讓我身體發抖。

「嗯……的確有一點。」

「呵呵，我猜對了。」

志野亞貴露出淘氣的笑容，

「九路田同學的確和恭也同學完全不一樣，他的想法很有趣。我每天也有完全不同的感受。不過……」

然後筆直注視我。

「但因為有你告訴我，我才會發現。如果沒有你的話，我就會一事無成。」

「志野亞貴……」

然後她冷不防抱住我，讓我好想落淚。

我好想說出心中的不安，療癒內心。

可是我辦不到，這是不可能的願望。她同樣也面臨想畫畫，卻畫不出來的憂心，並且離開大家身邊接受新的挑戰。

如果只有我一個人撒嬌……實在太難為情了。

「去年大家還一起製作影片，今年卻完全不一樣呢。」

志野亞貴感慨良多地說。

「嗯。」

貫之已經離去，志野亞貴也到了其他團隊。

這樣究竟是不是對的，我始終憂心忡忡。

彷彿察覺到我心中的不安，

「欸，恭也同學。」

「嗯……？咦，志野亞貴，等等……」

志野亞貴繞到我的前方，輕輕摟住我的身體。

她的臉正好抵著我的胸口。

「恭也同學思考過很多呢。」

「唔……」

「我相信你喔，所以放心吧。」

為了安撫我，她的手繞到我身後輕輕拍我的背，然後撫摸。她的呼吸正好碰到我的腹部，熱量差點讓我的身體融化。

「啊……啊啊……」

我感到眼淚從眼角溢出，為了避免志野亞貴看見，我搖搖頭甩掉眼淚。

外頭是燠熱的夜晚，我們兩人明明身體都很火熱。

可是我卻感覺通體舒暢，不想離開這股放心的暖意。

本來我想開口回答志野亞貴。可是我想不到什麼機靈的詞語，而且要是想了才開口，可能會再度導致心防全面崩潰。

所以我，

「謝謝妳，志野亞貴。」

透過這句不論未來或過去，一直對她說的話，表達不變的感謝。

◇

三天後，在團隊的定期會議上，出現眼睛充滿血絲的奈奈子。

她的雙眼無神，看起來明顯睡眠不足。

「抱歉……我做不到……」

只見她『啪噠』一聲倒下，

「我本來想光靠心情創作……但有點沒辦法……」

完全陷入委靡不振。

以全新的印象重新思考，說起來簡單，實際上的確很困難。況且奈奈子似乎還留著上次製作遊戲時的後遺症。

（雖然不太願意去想……但很明顯是那時候的弊病吧。）

在她毫無頭緒時提供樣本曲，讓她創作感覺相近的曲子。

分析既有的曲子有助學習，也不失為累積經驗的方法。畢竟世界上本來就有許多這種要求。

可是現在奈奈子需要的，是跳脫複製與貼上，超越以前創作的曲子。她與自己的戰鬥，和志野亞貴與齋川面臨的難題又不太一樣。

「哦，奈奈子妳別在意！吃飽飯睡覺後又會想到好的曲子啦！」

「謝謝你，火川～不過我現在想就地死翹翹～」

奈奈子發出喪屍般的呻吟聲，趴在地板上。

其實她目前還不算悲觀到極點。雖然陷入低潮，不過在她心中只是暫時的，照理說應該有機會熬過去。

可是我已經察覺到危機。如果奈奈子目前的僵局一直持續，將來肯定會深深跌落谷底。考慮到她走上音樂這條路的軌跡，一旦委靡不振，要復活可能非常困難。

不論她再怎麼有幹勁也並非絕對，我不能犯下這種愚蠢錯誤。

（輪到我做出決定了。）

正因如此，我必須盡早決定影片的概念。只要限縮目標，奈奈子應該也比較容易得到提示，還能提升精確度。

可是我目前根本毫無頭緒。如果不快點決定，告訴奈奈子的話，連齋川的插圖都會受到影響。

「橋場，你沒事吧？你的表情好嚴肅……」

可能煩惱清楚寫在臉上，河瀨川關心我。

「別擔心，我已經決定了。」

許多事物彷彿即將匯聚在一起。包括我們究竟缺乏什麼，以及今後追求的是什麼。

「我一定會想辦法。」

我比平時略為小聲，但是也重新下定決心地嘀咕。

第五章　「我，思考對策」

平時爬上或走下大阪藝術大學的名產藝坡還不算辛苦。可是一旦加上天氣變熱變冷，或是下雨下雪等條件，就突然變得寸步難行。

今天則是雨天。在撐傘也用處不大的滂沱大雨中，我有事前往研究室而走上斜坡。

「就算裝不了電扶梯，至少也裝個屋簷嘛……」

偶然抬頭一瞧，見到出乎意料的對象，我便停止自言自語。

「嘻嘻，居然在這種地方遇見你啊，橋場。」

「九路田嗎……」

上次那場言語交鋒後就沒見過他。

他沒撐雨傘，而是整個人躲在雨衣內。特徵的修長手腳完全沒露在外面，看起來反而更加詭異。

「我完全沒向志野亞貴打聽你們團隊的情況。還順利嗎？」

九路田聽了，隨即大大咧嘴一笑。笑容就像藍天一樣爽朗。

「我告訴你……志野她啊……真是太厲害了！」

他說，志野亞貴幾乎完美理解了他的說明。還能回應比他原本的目標更優秀的點子，而且都相當新鮮。

「她的才能真是不得了。我不論準備多少，她肯定能提出更進一步的想法。感覺好像在下絕對贏不了的將棋……每一次都是拚輸贏，嚇得我心驚膽跳呢……一身冷汗呢……！」

似乎發現自己說得特別起勁，九路田頓了半晌，

「嘻嘻，如我之前所說，有機會做出最棒的作品呢。」

「那就好。我也會發揮幹勁。」

「哪有人看到別人的動向才發揮幹勁啊？算了，無妨。反正和我無關。」

然後他平靜地閉起眼睛，

「到頭來，我和你啊，都不能管他人的死活呢。」

「…………」

「畢竟人生短得離譜啊。頂多只能承擔一兩件事而已囉。」

九路田說得很平淡。

我沒有回答，但是他的話聽起來很刺耳。

我太貪心，什麼都想承擔，後果就是意外失去了許多事物。

「說太多了呢。再見啦。」

似乎聊起認真話題並非本意，九路田直接頭也不回，默默走下大雨拍打的斜坡。傾盆大雨中，我在原地呆站了一會。

「我絕對承擔的。」

其實我早就做好了覺悟。接下來只剩下我要「想辦法搞定」。

◇

老實說，我們團隊甚至尚未抵達第一階段。

奈奈子尚未脫離低潮。曲子寫不出來，房間只傳出呻吟聲。齋川目前還在摸索各式各樣的改編版初茵。

但即使是目前的僵局也有限度，必須盡快決定作品的概念。所以我和河瀨川天天聯絡，絞盡腦汁構思概念……可是目前始終缺乏決定性的想法。

「該怎麼辦呢……」

我在美研的社辦對著電風扇猛吹，同時一直思考。上午的傾盆大雨到了傍晚已經停歇，現在一直吹著悶熱的風。

「阿橋啊，你一來社辦就一直楸著一張苦瓜臉，連我看了都好熱耶。話說真是熱啊。」

桐生學長以煩人的語氣向我抱怨。

「有什麼關係，我偶爾也會煩惱啊。話說真是熱啊。」

「印象中你老是在煩惱吧。話說真是熱啊。」

……有嗎？不過聽學長一說，我可能真的經常煩惱。

不過天氣熱成這樣，要聊什麼之前肯定會先提到熱天。

「為了解決燠熱問題，我好想在美研的社辦安裝空調啊！」

一如往常從椅子上站起來的桐生學長大喊，

「但是可惡的學務處！說只有一間社團花太多電費不公平，不准我裝空調！看我以自己的身體為賭注，中暑後散布對校方不利的消息，覺悟吧！」

社團樓也算校方的設施，因此整棟建築的電費也由學校負擔。安裝空調的確有可能獨厚特定社團。

可是所有社員都希望安裝空調。

「去買點冰來吃吧。桐生學長請客。」

「學弟！學長會請客的幻想就留在二十世紀的世界，別再惦記啦!!」

其實我也沒奢望靠吃冰就能消暑。

「話說柿原學長不參加往常的舞蹈隊集訓嗎。」

以大扇子猛搧身體的杉本學長，詢問累得趴在榻榻米上的舞者。

「對啊，聽說主辦者交到女朋友，自己跑去旅行了。由於無人帶隊，所以今年取消。」

「居然交了女朋友！他真是罪不可赦啊。」

桐生學長氣得暴跳如雷，可是你不是也有樋山學姊嗎。

「真是可惜，研修中心的溫泉與白濱的大海，現在可是最棒的時候呢。」

「對啊，帶兩三個人去吧。」

對喔，還有研修中心這項設施。

我們去年夏天拍片時，也預約利用過該設施吧。記得那裡很便宜，還可以當成小旅行，十分開心。

「咦，什麼研修中心啊。」

出乎意料的人發出疑問。

「桐生學長還不知道嗎？我們學校法人在白濱擁有一座設施，可以低價住宿，能泡溫泉又離海邊……」

我話才說到這裡，

「天——————哪!!我怎麼都不知道!!」

桐生學長就激動得站在桌子上。

「值得發那麼大的脾氣嗎，桐生學長。」

「對啊，去海邊又不是什麼難事，這裡可是大阪耶。」
沒錯，說大阪沒有山就算了，但大阪可不缺海。而且只要前往遠一點的地方，甚至有許多可以享受海水域的沙灘。
我以為念大藝大的學生都該知道這些常識。
「你們……你們根本不了解，攝影系的學生有多痛苦！」
雙手高舉的桐生學長，開始發出靈魂的吶喊。
「知道嗎，我們攝影系啊，全系都要前往上高地參加攝影旅行，聽過沒！由於男女都要參加，我原本很期待。以為美好的大學故事即將開始，或是有機會把到妹。可是！現實！根本沒有這麼美！冬天的上高地冷得要死，是真的可以走在冰上耶？甚至還能釣到西太公魚喔？大家都冷得要死，誰有心情談戀愛啊！光是活下去就很拚命了！用過即丟的暖暖包比男人的肌膚還受女生歡迎！白色相簿直到結局都是一片空白！」
聽到比平時更囉嗦的長篇大論，我們都忍不住為桐生學長默哀。度過這麼無聊的青春，也難怪學長會羨慕白濱的暑意了。
「……想去。」
「咦？」
「我想去！白沙灘！溫泉！海水浴！沒錯，我的人生就缺乏這些事物！各位拜託，旅費可以從社團經費出，為我貧瘠的暑假建立堪比輝煌金字塔的回憶吧!!」

二十四歲的學長說完，在桌子上下跪懇求眾人。

「……怎麼辦？」

「我開始覺得學長好可憐了……」

總之我們勸稍後來到社辦的樋山學姊點頭答應，一切才算正式開始……

◇

「太棒啦！白濱沙灘！海水浴！大學生活真棒!!」

電車一靠站的瞬間，第一個衝出車廂的是我們之中最年長的二十四歲男性。

「真是丟臉……大學生活明明早就結束了……」

樋山學姊在學長身後深深嘆了一口氣。

「反、反正學長說他以前沒去過。」

「既然夢想實現了，也不錯啊。」

男性成員較為同情桐生學長。

「你們真是太不了解他了，他才不會就這樣善罷干休呢。」

如此斷言的樋山學姊，找我們幾人交頭接耳。

「知道嗎？不可以讓他拿相機，也不可以讓他靠近一起來的女生。如果他說『我想到好主意了！』就全力堵住他的嘴。這是交給你們的任務，知道沒？」

「好、好啦……」

學姊剛才說的事情如果置之不理，可能真的會節外生枝。

「好久沒有來海邊了～美乃梨上次什麼時候來的呢？」

「我、我上次來也是高二的時候了……」

志野亞貴和齋川似乎相當開心。

尤其我本來擔心齋川，看樣子似乎沒事。

「我們一起跟來沒關係嗎……」

「既然都邀請我們了，可以大方一點。」

奈奈子與河瀨川也以熟人的身分參加。

「連我都參加真的可以嗎，橋場？」

「放心啦，火川，之前就決定所有相關的人一起來了。」

結果前幾天與齋川事件相關的人都參加，成員和慶功宴差不多。

白濱從車站到海岸有一段距離。

所以要搭路線公車移動，但是桐生學長在公車內就忍不住HIGH起來。

「藍天耶！欸，阿橋你看！天空好藍喔！超強的耶？晴朗得就像事先安排好一樣，不覺得我人品優秀嗎？」

「喔，有啊有啊。」

「哇～！哇～！去借橡皮艇吧！還得借泳圈才行！啊，對，我想到好主意了♪」

聽到關鍵字的美研男生三人組，立刻轉移桐生學長的焦點。

「桐生學長，那邊有牡蠣攤喔！」

「哦，真的嗎！等一下去吃吧！」

「抵達之後要做什麼？借支遮陽傘撐起來，接下來還是希望由社長帶隊呢～」

「交給我吧！我早就做好萬全的企劃了！」

看來學長似乎忘記了「好主意」，所有人才鬆了一口氣。

「平時熱到懶得動，所以安安靜靜的人。」

「變得更加麻煩了呢。」

「好像嗑藥嗑嗨了一樣。」

「大家辛苦了。不過除了留意他人，也別忘了我們的女生組……」

聽杉本學長一說，我望向公車後方。

女孩子們看著車窗外，開心聊天。包含樋山學姊在內，即使不戴有色眼鏡，大家也相當可愛。

桐生學長將是第一次見到所有人穿泳裝。樋山學姊和學長認識這麼多年，有可能看過一次。不過二年級與一年級……就危險了。

「得多多留意才行……」

「對啊……」

包含珍貴的新社員在內，為了保護女生們，我們暗地裡相互立誓。

◇

不過。

「呀呼～大海耶！我第一個抵達～～!!」

抵達海邊，一換好衣服後，二十四歲的研究生就抓起泳圈和蛙鏡，一馬當先衝向岸邊。

而且學長對其他女性的泳裝不感興趣，頭也不回猛衝，是真的筆直衝過去。

「好棒喔，海水溫溫的耶！太陽熱死人啦！原來夏天是這樣的啊！大家也快點過來吧!!」

「噢噢！部長真是起勁！我也立刻過去!!」

「哦，火川學弟趕快來啊。來比長泳吧，先游到那座島的人贏！」

桐生學長與火川，兩個熱血漢子很快就在海邊開始嬉戲。

相較之下，完全預測失準的美研男子組三人都啞口無言。

「真是出乎意料的反應……」

「該怎麼說呢，夏天的大海淨化了學長嗎。」

「桐生學長肯定比我們想像中更渴望大海吧。」

感到洩氣的同時，也對懷疑學長有點過意不去。

「哎呀～我一直以為他是國中生，才提防他對女生出手。結果他的內在是小學生呢……我居然不知道……」

樋山學姊感慨良多地注視在水邊，嘩啦嘩啦嬉戲的桐生學長。小學生的確最適合形容學長嬉戲的模樣。

「不過看學長那樣就可以放心了……畢竟女生們對中學生而言都太刺激了……」

說著，我回頭望向已經換好衣服的女生們。

「隔了一年來到海邊～好藍喔～」

即使過了一年，志野亞貴依然維持傲人的胸懷。

「好、好多人啊……足足是在地海岸的十倍……」

齋川雖然胸部略小，不過整體身材十分平衡。

「來，大家要確實抹好防晒油。否則等一下晒得紅通通會痛得要死喔～」

奈奈子裸露最多的肌膚，胸部也是最大的。

「等一下還得去借支遮陽傘。」

河瀨川的肌膚特別白皙，身材苗條。

要是將國中生丟進這群美女中，後果不堪設想。

樋山學姊反覆點頭並誇讚，

「哎呀～去年學園祭時我就覺得，美研相關的女生陣容水準高得驚人呢。」

這番話有道理。

「總之我去借遮陽傘，行李就放在這邊，決定誰要下水，誰要留下來顧吧。」

「明白～！」

◇

於是，平凡得不能再平凡的假期就此開幕。

前半段桐生學長一下子腳抽筋。一下子打沙灘排球時，手臂伸向奇怪的方向而疼痛。後來學長又說被水母螫到，開始當著大家的面毫不猶豫脫下海灘褲，結果挨了樋山學姊一頓揍。

中午休息過後，進入後半段，

「咦？阿橋你不跟嗎？」

我向朝岩石區走去的男性陣容解釋：

「我就不去了。我會負責看行李，大家去玩吧。」

剛才打沙灘排球跑來跑去，連我都有點累了。

志野亞貴「唔～」一聲伸了個懶腰，胸部明顯地搖晃後，

「我想去看看，美乃梨要去嗎？」

「啊，我要！」

最喜歡志野亞貴的女孩，理所當然會跟。

「既然妳們兩人要去，那我也要去。奈奈子妳呢？」

樋山學姊詢問，

「我、我留下來好了。而且我也擔心行李，這個……」

奈奈子邊說邊偷瞄我。

（難道她想說什麼嗎……啊！）

這時候我迅速想起。

（她該不會要問我之前「那件事」吧……！）

一旦兩人獨處，話題當然會愈來愈少。等聊起氣溫的話題，像是「好熱啊」，沉默籠罩兩人的時候，就會突然問起那件事……

（怎、怎麼辦，我現在還沒做好心理準備……）

在我獨自感受到危機時，

「我也留下來。我有點想在陰影下休息。」

「咦？」

河瀨川也舉手說要留下。老實說，真的堪稱救星。這樣應該能避免話題朝奇怪的方向發展。

「英、英子妳也要留下來……？」

「橋場和奈奈子你們怎麼都露出這種表情……」

我一臉放心，奈奈子露出有些遺憾的表情，河瀨川則感到不解。

留下奇妙的三人後，

「那我們出發啦！」

小學男生率領的洞窟探險隊便意氣風發地出動。

盛夏的太陽還是一樣耀眼燦爛。在灼燒肌膚的強烈陽光下，留下來的三人擠在海灘遮陽傘下。

以位置而言，兩個女生將我夾在中間。我右邊是奈奈子，左邊是河瀨川。

「話說，恭也……」

「什、什麼事啊，奈奈子。」

奈奈子突然向我開口，讓我一開始就慌了手腳。

「抱歉我一直做不出曲子。讓你等很久了吧？」

太好了。該說話題很和平嗎，內容十分平靜無波。

不，以和平形容可能不合適。對奈奈子而言，這是非常嚴肅的話題。

「不會啦，反倒是我一直想不出概念才有問題，所以別放在心上。」

我回答後，

「謝謝……嘿嘿，其實我早就知道恭也你會這麼說，剛才的問題其實有點賊呢。」

奈奈子一吐舌頭，害羞地微笑。

（哇、哇塞，超可愛的……）

或許她只是展現自己原本的一面，不過流露的可愛迷得我暈頭轉向。

（奈奈子果然也一直在意呢。）

為了避免她更加不安，我也該下定決心了。而且是各方面的決心。

但是奈奈子也好，河瀨川也好，我身旁有兩位這麼可愛的女孩，真是幸福到誇張。雖然我一直提高警覺。

（這姿勢……該說比我想像中更難活動嗎，讓人很難冷靜呢。）

由於最大的遮陽傘沒有庫存，所以剛才租的是中型尺寸。感覺三人一起遮有點擠，因此身體勢必得靠在一起。

「橋場，你能不能再過去一點？」

閱讀袖珍書籍的河瀨川，一點一點朝我的方向移動。

「沒、沒辦法啦。再往右移動的話，就會和奈奈子貼在一起了。」

話剛說出口，我就覺得自己用詞不當。

「對、對啊，英子。恭也要是再靠過來的話，就、就要靠在一起了。」

奈奈子顯得特別慌張。剛才我的舉止與發言有可能自然引發爭風吃醋，總有一天我要深切反省……我是說真的……

「嗯，我明白了。」

河瀨川冷淡地回應奈奈子後，

「那我和橋場靠緊一點就解決了。」

這麼說。

接著河瀨川以右側身體與我的左側緊貼。

「拜、拜託拜託，河瀨川同學……!?」

「英子，妳、妳怎麼這樣……！」

我忍不住以敬語回答她，奈奈子則啞口無言。

「因為很窄啊，有什麼辦法。況且……」

她朝奈奈子的方向瞄了一眼，

「因為某個人特別沒膽，白費了難得的緊貼機會，我才順道接收而已。」

哇、哇、哇塞——河瀨川，這番話也未免太嗆了吧!?難道剛才我太天真，以為河瀨川留下來是好事嗎!?

面對卯足全力，投出時速一六〇公里內角直球的河瀨川，

「嗚、嗚嗚、嗚哇啊啊啊！」

奈奈子無計可施地捧著頭大喊，

「……我決定了。」

然後突然一臉嚴肅地望向我，

「恭也。」

「什、什麼事……」

「我也要靠過去，可以吧？」

這樣說。

完全跳過徵求我同意的階段，

「哇、哇啊！」

隨後奈奈子用力摟住我的右手，緊緊貼在我身邊。

而且不像河瀨川靠過來，身體緊貼這麼簡單。如果等級從一到十計算，她緊貼的程度肯定超出了十。

「奈、奈奈子，奈奈子!?」

「……不要叫我的名字，我會恢復理智而感到難為情。」

可是她已經滿臉通紅，呼吸急促，連我也跟著超級害羞……

「真好啊，大家都很幸福，而且擠進了陽傘內呢。」

依然和我緊貼在一起的河瀨川，滿不在乎地表示。

「……河瀨川同學，這種情況下妳要怎麼解決啊。」

即使我小聲抗議，

「本來就是你自作自受，自己想辦法吧。」

「拜託喔！」

在創作以外的方面，真的絲毫不體貼耶！

「恭也……」

「什、什什什麼事，奈奈子同學……」

「你不喜歡我這樣嗎……？」

呼、呼，真是的！拜託別鬧了啦，真的！

我放棄回答奈奈子的問題，下定決心熬過這個絲毫不能放鬆的場面。應該說如果哪個人有方法可以積極解決這個難關，即使下跪喊一聲老師，我都希望他能教我……

（唯有這方面的事，即使我來自十年後，依然沒有任何長進……）

◇

過了一會，眼看大家快要回來。這時候河瀨川非常現實地說了句「再不離開就會惹出各種麻煩」。奈奈子也鬆開摟住我的手，離開了身體。

可是一段時間內，不論誰向我開口，我都心不在焉。而我每次見到她，也會想到手臂與胸部的觸感，害羞得難以啟齒。

總之海水浴就此結束，大家一起去吃飯。

我們找的餐廳去年也品嘗過，可以直接享用炭烤海鮮。桐生學長還是一樣興奮過度，大家反而都安安靜靜地吃。

「拜託，你這個搞笑好幾年前就玩爛了啦，拜託別再鬧了！」

樋山學姊再度一巴掌拍在桐生學長的腦袋。學長剛才似乎拿帆立貝的殼貼在自己胸前的兩點上。

「恭也同學，海螺深處的肉挖不出來喔。」

而我的面前有一位少女在與貝類搏鬥。

「借我看看，我幫妳挖。」

我利用免洗筷與牙籤，挖出塞在殼深處的螺肉。

「來，這樣可以了吧？」

「謝謝～恭也同學真的好靈巧呢。」

志野亞貴開心地享用海螺。

「咿，這、這個貝殼突然開了耶。欸，欸，英子，這要怎麼吃啊？」

「又不是小孩子，真沒辦法……」

「河、河瀨川同學，這邊的魚也在冒煙了！」

「拜託，我可不是大家的媽媽耶。」

即使嘴上叨唸，河瀨川依然照顧奈奈子與齋川。

我望著眾人開心的模樣，並且感慨良多地懷念不久前的時光。

（才經過一年而已啊……）

我想起去年來到這間店的光景。當時的攝影小組當然包括貫之。

一開始貫之與河瀨川展開激烈言詞交鋒。後來似乎辯煩了，主動接近我。

「她真的很固執耶！不肯通融的事情說破了嘴都不放鬆！」

對河瀨川的頑固無可奈何，似乎連貫之都投降了。

「有什麼辦法，河瀨川有自己的原則啊。」

「對啊，我頭一次見到和我一樣固執的人。」

我難得見到貫之會因為河瀨川而笑出來。

「……來到這間大學，真的遇見各式各樣的人呢，我感到很開心。」

「為何？」

「因為原來有這麼多人和我一樣，滿腦子都是蠢事啊。」

以筷子戳著烤烏賊的貫之，同時面露苦笑。

「念高中的時候，升學學校雖然也有關，不過身邊同學每個都正經得要死。根本沒有人會想念藝術。」

「對啊，我們高中也一樣。」

「對吧？然後來這裡才發現，每個同學都是傻瓜。當然會開心啊。就好像以前語言不通，一個人孤獨地生活，結果發現了講同樣語言的村子呢。」

貫之以筷子夾起烏賊，有點粗魯地塞進嘴裡。

「不論劇本家或小說家，我都要當上。我要一直寫故事，一直思考，並且持續下去。」

說著，貫之高舉著裝烏龍茶的玻璃杯，

「——今後同樣要和最棒的笨蛋們攜手。」

我真的很想說，當時貫之的表情就代表永遠。實際上本來應該再持續三年才對。

可是如今，貫之已經……

「……同學？恭也同學？」

我頓時驚覺，回過神來。仔細一瞧，發現志野亞貴擔憂地盯著我。

「剛才在想什麼嗎？」

「不，只是稍微睡著了一下。白天玩得太累了吧。」

最近老是讓志野亞貴擔心。

總覺得已經曝光了，但我還是轉移話題。

◇

用餐完畢後，我們返回旅館。研修中心有一處像小庭院的空間，於是我們決定在那裡放煙火。

「我就不用了。白天走來走去覺得累了。」

沒怎麼參加海水浴，逛了水族館等地的河瀨川，選擇從房間觀賞煙火。我也覺得有點累了，所以同樣留在房間。

「好，來放降落傘煙火吧！大家接著!!」

桐生學長彷彿精力用不完，每次點燃立地式煙火都嚷嚷。他哪來這麼多能量啊。

「……從事編輯工作時，明明是沉默又寡言的人呢。」

連河瀨川都錯愕到極點，眼神彷彿見到不可思議的事物。

「他在系上還靠照片得過獎啊，人不可貌相嘛。」

「對啊，我也沒資格說別人。不論我或是你，肯定都有些地方與眾不同。」

肯定是這樣。我以前以為自己平凡又缺乏特徵，不過在這兩年內，我才發現並非如此。

外頭在喧囂，凝視外頭的室內則一片寂靜。

彷彿與外界切離般，我對兩人獨處的空間感到有些緊張。

「河瀨川——」

她轉頭望向我。

河瀨川的表情平穩得讓我驚訝。純論這一瞬間的話，她的表情就像志野亞貴，流露出包容對方的體貼。

「什麼事？」

聲音也非常柔和。

我聽過她這種聲音。十年後，在與她道別的機場，她就是以這種聲音向我開口。

如今，我要使用當時的約定了。

「有件事情，我想找妳談談。」

河瀨川彷彿面露些許微笑。或許是我多心，可是在我看來，她的表情的確宛如包容我的一切……應該吧。

「我就知道。」

河瀨川呼了一口氣。

「原來妳早就料到了啊。」

「隱隱約約吧。你特地和我這種無趣的女人單獨留在房間，我就猜到了大概。」

她居然沒有聯想到男女之情，還真有她的作風呢。

窗外吹進房間內的風暖暖的。晴朗的夜空過了一段時間後，高掛著皎潔的月亮。

「可能會講很久，抱歉。」

「有事商量不是都這樣嗎。所以要聊什麼？」

我深深吸了一口氣，然後開始敘述。

「老實說，我非常煩惱。甚至覺得……如果不找人談談，我可能會崩潰。」

前幾天，擔心我的志野亞貴主動抱緊我時，我拚了命才壓抑自己。

「我本來只想將左思右想，絞盡腦汁後的結果當成自己的道路。但即使我如此逼迫自己，依然會留下迷惘。」

遇見九路田這個人，對我而言果然是注定吧。

我猜他也曾經猶豫過。但他應該靠自我意識與成績，強行壓抑迷惘後塑造如今的他。

在他身上，我彷彿看見鏡像的自己。以利己主義推動他人會變成什麼樣的人，他就是最好的答案。

所以我面對他的時候，一直感受到莫名其妙的沉重。出一張嘴什麼都講得出口，什麼背負他人的人生啦，了解他人啦。問題是真的做得到嗎。

「這次作品缺乏的決定性事物究竟是什麼——我有一個想法。」

為奈奈子的歌曲注入生命，賦予齋川的繪畫色彩，最重要的元素。

「可是這種元素究竟是什麼，我偏偏缺乏堅定的自信。如果我真的要貫徹到底……代表我會再度深入干涉他人的人生。老實說，我很害怕。」

我看了一眼河瀨川。她一直注視著我。

「所以我想問問妳的意見。妳認為這次的作品究竟缺少了什麼？然後妳覺得……該怎麼解決？」

首先，我陳述自己的意見。

這次作品缺少了什麼元素。以及為了獲得這些元素，我必須怎麼做。當然也包括可能引發的風險。

有件事情我一直在思考。無時無刻，為了將來的那一刻而準備許久。可是我不知道……該不該現在付諸實行。

「就這樣。妳覺得……如何？」

在我說完後，彼此籠罩在漫長的沉默中。

不久，河瀨川別過臉去。然後她還是一語不發，持續注視著玩煙火的風景。

「……似乎很開心呢。」

「對啊。不過……感覺妳不想加入其中呢。」

我一說，她便露出苦笑。

「不，並非如此。」

「咦……？」

「我也很想和大家一起嬉戲，開開心心玩耍。在一旁觀賞時，我心想過很多次，和大家玩耍肯定很有趣。」

她的視線朝下方望去。從端正的雙脣呼出一口氣。

「……但即使是開心的時間，總有一天也會結束，消失無蹤。世間沒有永遠的事物，也不可能有。當我開始思考這些時，就愈覺得加入開心的大眾是一件很可怕的事。」

然後河瀨川再度望向我。

「可是我最近覺得，還是不應該這樣。別覺得反正會結束就排斥加入；而是心想反正會結束，更應該積極參與。我覺得人必須有這種想法。」

最近邀請河瀨川出遊時，她參加的次數的確變多了。

我現在才知道……原來她產生這樣的心境變化。

「到了未來，思考過去的事情也沒什麼意義。要想想現在怎麼做，決定了就採取行動。如果不行的話，再思考就行了。」

樓下的眾人還在嬉戲。似乎點燃了老鼠砲，奈奈子尖叫著到處逃竄。大家的笑聲聽起來真是舒暢。

注視著這幅光景的河瀨川，也開心地面露微笑。

「……我說說我的看法吧。」

伴隨爆炸聲，特別大顆的煙火超越二樓，飛往更高的空中。朝四面八方飛散的火光，輪流滲入河瀨川的白皙肌膚中。

（謝謝妳。）

我在內心向她道謝。

不僅是現在我面前的她，也對在未來道別的她致謝。

◇

「真是的，不是說剩下的時間不夠，沒辦法前往野生公園嗎！留下你一個人？要是

可以的話我早就丟下了！可是真的丟下你不管，就等於危害社會，等等你有在聽嗎!?」

樋山學姊在白濱站發脾氣，叨唸還不想回去，死乞白賴的二十四歲學長。

「真的是小學生呢。」

我也用力點頭同意打從心底感到錯愕的柿原學長。

「感覺樋山學姊有點可憐……」

其他男性成員都累得坐在候車室。火川似乎完全到了極限，發出鼾聲打起瞌睡。

另一方面，女性成員們正開心地挑選伴手禮。

「這一款金桔豆沙包好像很好吃呢。」

我第一次知道，齋川似乎特別喜歡甜食。

「不錯耶，那就買回去配茶飲，大家一起吃吧？」

「好！就這麼決定！」

宛如面對長官的下屬，齋川當著奈奈子的面敬禮。

藉由這場兩天一夜的旅行，她和奈奈子的關係似乎更近了一步。

「恭也同學，恭也同學。」

「志野亞貴啊，我已經買好辦手禮……了？」

結果志野亞貴搖搖頭，示意並非這件事，

「煩惱的事情解決了嗎？」

……天啊。

在她的面前真的無法撒謊呢。

「嗯，其實……沒有解決。」

「是嗎？」

我望向不遠處，其實非常喜歡有趣事物的女生。她正露出期待的眼神，猶豫是否要買海豚鑰匙圈。

「不過應該有機會採取行動解決。」

「唔……？」

即使志野亞貴略顯不解，依然微微一笑。

「——特急列車黑潮號，開往新大阪，即將抵達一號月臺。」

廣播響起，我們跟著進入車站內。

在大家開心聊著旅遊回憶時，我一個人堅定了決心。

（……我不會後悔。依照自己相信的道路走下去吧。）

連同昨天河瀨川告訴我的那番話。

影傳系為了方便學生在暑假也能拍攝與編輯，研究室平日都開開放。但老師卻不見得，頂多只有一兩位負責值班的老師。

◇

不過也有例外。不時會有好奇心強的老師待在研究室，從早到晚陪學生。以學生的角度而言真是感激。

「謝謝你的金桔豆沙包啊。我有助教喜歡吃，所以等一下就配茶享用吧。」

「太好了，我以為老師不太吃甜食呢。」

「我基本上沒什麼好惡。真要說的話，就是喜歡或漠不關心吧。」

這比討厭更難捉摸耶。

「所以有什麼事情要找我商量？」

好奇老師的代表，加納老師啜飲著自己倒的溫咖啡，同時一如往常隨口問我。

「是有點麻煩的事。」

「哦，你會說有點，代表肯定非常麻煩吧。」

……原來在老師心目中是這樣看待我的啊。

「那就告訴老師吧。」

於是我從頭開始，依序說明來意。

老師從一開始就露出嫌麻煩的表情。其實我早就知道，對於聽起來很麻煩的事情，她會先產生「似乎很有趣」的想法。所以大多話題都會變成「似乎很麻煩，但還是聽聽吧」。

不過唯有今天，老師明顯露出「真的很麻煩」的想法。這也難怪，如果我是老師，學生找我商量這種事情，我肯定會覺得很麻煩。沒辦法，內容就是這樣。

「……這是我的想法。能不能請老師告訴我呢？」

全部說完後，我靜候老師的反應。

老師以手指抵著額頭，仔細思索一番，

「校方對學生隱私的管理一年比一年嚴格。不管是誰來打聽，都不能輕易告訴對方。」

然後老師起身走向我。

「這你應該也知道吧？」

「……是的，可是我無論如何都想確認。」

老師嘆了一口氣，走向窗邊。

「還記得你剛進大學的時候……我說過的話嗎？」

「是的……我印象很深刻。」

每年大約有一百三十名學生進入影傳系就讀。其中能找到理想工作的人少得屈指可數，多數學生的工作都與理想相差甚遠。

「大家也不希望這樣。而是無可奈何，不得不違背自己的初衷。」

我聽到鼻子輕輕吸了口氣的聲音。

「你覺得有幸留下來的人，該對這些人說什麼才好？總不能問人家，你的人生開不開心吧？如果要在人家的傷口上灑鹽，還不如不聞不問，別管對方才對吧。」

說到這裡，老師轉身望向我。

「……我是這麼想的。自從進入這所學校的十五年前，就一直這麼認為。」

老師緩緩走過來，然後緊盯著我的臉。

「這可是第一次有人提出這麼離譜的要求。想不到有人宣稱要觸犯這條禁忌，還要求教職員洩漏個資。」

「……對不起。」

我坦率地道歉。畢竟剛才說的內容就是這麼亂來。

「咯咯，你真是不得了啊。身為製作助理，不，身為創作者，難得看到你這種自我主義如此強烈的人。」

老師笑了好一會。還彎著身體，姿勢看起來像苦笑。

可是不知為何，老師看起來笑得很愉快。雖然有可能是我單方面的主觀。

「這件事絕對不能說出去，甚至不能向當事人透露。」

「好的，我保證。」

然後老師露出非常溫柔的表情。

就像面對淘氣孩子的母親，或是對晚輩束手無策的前輩。我從老師的表情，感覺到比平時更強烈的經驗差距。

老師的語氣很平靜。說的內容很短。

這一瞬間，從窗外灑落強烈的光芒。

今天從一大早天氣就不穩定，雲層籠罩了整片天空。眼看烏雲逐漸散去，陽光從雲層縫隙灑落大地。

終章　「我，下定決心」

雖然會議從傍晚開始，但大家已經提早集合。

「橋場學長，歡迎回來。辛苦了。」

齋川的問候也終於不再僵硬了。

「咦？今天有上什嗎？不對，現在放暑假，哇哈哈！」

火川單純地耍了個寶。

由於昨天剛旅行回來，還帶有幾分疲倦。

「呼啊……所以恭也，究竟有什麼重要的事情嗎……」

奈奈子則依然非常愛睏。

「如果你要說『新成員登場！』的話可就好笑啦！」

火川半開玩笑地說，

「真、真的嗎？希望能是女性。」

齋川卻當真，緊緊摟住一旁奈奈子的手臂。

「橋場你別再裝模作樣了，趕快說吧。」

河瀨川還是一樣冷靜。

不過唯有今天，我甚至覺得是她在背後推動我。

「嗯，那我要說了。」

我輕咳一聲後，

「這一次我們要製作的影片——概念我決定好了。」

眾人隨即發出讚嘆聲。

「太好了！這樣就能當作曲的提示了～！」

奈奈子高舉雙手感到勘新。

「我、我也能確立初茵的形象了！」

齋川緊緊握拳，用力點了點頭。

「所以概念究竟是什麼？」

火川津津有味地等待我開口。

現場靜得出奇。我望向河瀨川。只見她保持沉默，略為點點頭。

「那我就說囉。」

然後我深深吸了一口氣。

九路田說過的話接二連三浮現。

你才不是人，是個大混蛋。為了結果可以面不改色地割捨他人，簡直沒人性。

沒錯，他說得很對。

每次想起失去的事物有多重大，我就想吐。因為我實在罪孽深重，一臉天真地反覆刺傷他人。

知道這一點後，我改變了看世界的角度。

人生有許多條路線，凡事都藉由連續的選擇往前推進。

我在時間旅行中發現了這一點。所以我本來想置身其中，觀察世界在事件的登場人物相互影響下，究竟會如何變化。

貼在壁櫥內的成堆便利貼，是我這個人自我主義的結晶。我將他人當成棋子擺布，操縱，並且試圖引導至我心中的「理想世界」。

但這對我而言根本不算幸福。因為我甚至將幸福留在未來，選擇回到這裡。

九路田說過。為了創作作品，他不惜犧牲一切。只要最後能誕生傑作，一切都值得。

我認為這是其中一種答案。可是我不會當成唯一解答。

（這就是我的——解答的起點，九路田。）

我透過這一步，重新確定路線。

為了讓大家都有好結局，由我化身為殘酷無情的路線。

「對影片這種形式而言，我再度體會到什麼才是最重要的。」

正確來說，不只是影片而已。

包括世界上所有具備時間概念的事物。

「我決定以此當成這次製作的影片概念。」

我認為這是必要的。

什麼事物能點綴無情又殘酷的時間，並且賦予可能性。

「我們需要的就是──故事。」

◇

夏天到了，好熱。

而且這裡特別熱。盆地導致氣溫升得更高，不過特別寬廣的低地可能也是原因之一。

今天從一大早就是大晴天，而且熱得要死。

昨天也很熱。園丁拔了庭院的草之後晒得有點頭暈，還跑去休息。其實我覺得這種天氣沒必要在外頭工作，不過契約規定，似乎沒辦法。

拔草這點小事我可以自己做。如此心想的我，從今天早上就開始動手。

反正我也沒什麼事做，拔拔草剛好。以前只要有一點空閒就會利用在其他方面，現在也沒了。

過了中午，所有的草拔完後，我將草塞進垃圾袋。七十公升的垃圾袋裝了兩個，我送到附近的垃圾場丟棄後，現在正好回到家。

「哦，你已經回來了嗎？」

從家的後方傳來母親的聲音。

「我在啊，有什麼事？」

「你爸爸說明天要與醫生們開會，是個向醫生們打招呼的好機會。要我轉告你一聲。」

「……嗯，我知道了。」

我回答後，吁了一口氣搖搖頭。

碩大的太陽高掛天空。

大阪的夏季也很熱，不過埼玉夏季的威力一點都不差。而且熱得很鬱悶。照理說氣溫沒差太多，應該是這裡比較潮濕。

「……我又想起來了。」

我搖了搖頭。反覆搖了好幾次。

明明已經下定決心，不再想起那時候的事情，卻不時睹物思情。其實才過不到三個月，或許想起來是正常的。

「媽，我出門一趟。傍晚會回來。」

我以家中聽得見的大音量交代後，轉身前往車庫。

騎上在大阪買的機車，發動引擎。

當初我很想將機車留在大阪。因為這輛車有太多回憶，而且難受的事情占多數。為了忘掉煩心事，我曾經想這麼做。

「……結果還是牽回來了。」

結果我完全失敗了，沒能乾淨俐落地割捨一切。

我留下數也數不清的留戀。知道自己真是個沒用的人。

「要去哪裡呢……反正我也沒有什麼目的。」

總之騎到高中那邊去吧。

住家附近是一大片田埂。川越一如其名，過了河川後街景就會改變。一邊是田園風光，另一邊則是住宅與商業區。

小時候，我討厭家離學校很遠。畢竟我討厭家裡開車送我上下學，我甚至沒有與朋友玩耍的自由。

不論國中與高中，我都念市內最好的升學學校。

我不太記得國中的事情了，連高中也是。以前唯一感情比較好的學長，因為各種原因而斷了往來。

「學長現在還好嗎……」

學長以前介紹我一間酒吧，我在那裡遇見許多有趣的人。

有人明明從國立大學畢業，卻過著嬉皮般的生活到處流浪。

但也有人才國中畢業，卻靠著卓越的經營直覺，成為率領超過兩百名職員的公司老闆。

有個女人瘋狂在牛郎身上砸錢，結果清醒後居然開始培養牛郎，生意闖出一番名堂。

看到來這種地方的大人，我就忍不住覺得在自己老家工作的人們或許很優秀，卻非常無趣。

因此我冒著與父母斷絕關係的決心逃出家門。進入藝大尋求活路，覺得這裡可能有和自己一樣蠢的傻瓜。

可是都結束了，已經結束了。

還是別去想剩下了什麼吧。

我騎到一片很寬的廣場。在依然熾熱的太陽照耀下，我脫掉安全帽深深吁了一口氣。

汗水不斷流下來，流進眼睛有點刺痛。

即使我伸手去抹，汗水依然不斷滑過臉頰，流到脖子，逐漸沾濕襯衫。

明明已經心如死灰，身體卻依然充滿活力。

真是諷刺。當初需要動力的時候，身體不是突然昏倒就是失靈。現在無事可做，休息了一段時間後，不論體力或反應都恢復到高中的水平。

現在的我就像早起後打掃，做雜物的機器人一樣。要說有哪裡像個人，也只有像這樣漫無目的跳上機車開小差，像溫度計一樣反應氣溫流汗罷了。

今天也一樣，我現在正敏感地感受氣溫。同時我以快腐朽的腦袋不斷自問自答，這樣究竟有什麼意義。

然後我又說了這句話，還是同一句。自從進入夏天後，我就像固定臺詞一樣掛在嘴上。彷彿再度確認這個活地獄，這個溫柔的地獄會持續下去。

額頭不知道第幾次滲出汗水了。我以掌心抹掉後，嘆了一口氣。

「——今天還是很熱呢。」

後記

製作真的是很困難的工作，不是建立一個意見統一的團體就好。要在組員之間營造適度的緊張感，成功找出在各部門內產生化學反應的組合，才能算是優秀的製作人。

可是緊張感未必能保持適度的平衡。化學反應也一樣。結果不一定都是好的。許多企劃原本想一飛衝天，結果卻連起飛都失敗。製作真的……是很困難的工作。

雖然點到為止，不過第五集向各位讀者傳達了製作這項工作的難處。要怎麼提振動機低落的作家，何謂適度的刺激。以及為了讓製作成功，可以將自己的重要人物交給別人或不同團體嗎。這一集對於恭也而言是考驗的延續，不過在結局得到得結論，是取回自己失去的事物。下一集故事將會大幅推進。雖然還需要一點時間，敬請各位讀者期待。

接著是通知。這一集的書腰也告知過，我們的重製人生確定會推出漫畫版。其實已經準備了一段時間，不過目前實在太期待了，希望各位讀者也能看看。漫畫在講談社的雜誌，星期三的天狼星推出，由閃凡人老師繪製，敬請各位期待。加上目前正在籌畫製作印象歌曲，也請各位讀者靜候佳音。

還有，我們的重製人生終於推出外傳企劃了。內容目前正與責編T先生、えれっと老師討論中，不過我認為可能與最近某個存在感突增的角色有關。同樣一旦決定後，就會向各位讀者報告。

以下是致謝詞。えれっと老師，責編T先生，真的真的，非常感謝兩位。最近與兩位一起出席活動的機會增加了。每次聽兩位的指教，和兩位合作真是太好了的想法愈來愈強烈。我會致力於全力製作好作品，敬請兩位繼續幫忙。

最後是閱讀本作品的各位讀者。即使本作品牽扯的幅度很大，依然有許多讀者穩穩緊跟其後，我覺得非常開心。下一集多半也相當不得了，希望各位讀者能看到最後。

那麼我們在第六集見面吧。祝各位身體健康。

木緒なち　敬啟

浮文字
我們的重製人生(05)
(原名:ぼくたちのリメイク5)
作者/木緒なち　封面插畫/えれっと　譯者/陳冠安
榮譽發行人/黃鎮隆
執行長/陳君平
協理/洪琇菁　國際版權/黃令歡、梁名儀
執行編輯/呂尚燁　美術主編/陳聖義
宣傳/楊玉如、洪國瑋、施語宸
出版/城邦文化事業股份有限公司　尖端出版
台北市中山區民生東路二段一四一號十樓
電話:(〇二)二五〇〇七六〇〇　傳真:(〇二)二五〇〇二六八三
E-mail:7novels@mail2.spp.com.tw
發行/英屬蓋曼群島商家庭傳媒股份有限公司城邦分公司　尖端出版
台北市中山區民生東路二段一四一號十樓
電話:(〇二)二五〇〇—七六〇〇(代表號)
傳真:(〇二)二五〇〇—一九七九
中部經銷/楨彥有限公司
電話:(〇二)八九一九—三三六九
傳真:(〇二)八九一四—五五二四
雲嘉經銷/智豐圖書股份有限公司　嘉義公司
電話:(〇五)二三三—三八五二
傳真:(〇五)二三三—三八六三
南部經銷/智豐圖書股份有限公司　高雄公司
電話:(〇七)三七三—〇〇七九
傳真:(〇七)三七三—〇〇八七
一代匯集/香港九龍旺角塘尾道六十四號龍駒企業大廈十樓B&D室
電話:(八五二)二七八三—八一〇二
傳真:(八五二)二七八二—一五二九
馬新經銷/城邦(馬新)出版集團　Cite(M)Sdn.Bhd.
E-mail:Cite@cite.com.my
法律顧問/王子文律師　元禾法律事務所
台北市羅斯福路三段三十七號十五樓
二〇二二年三月一版一刷

■中文版■

郵購注意事項:
1. 填妥劃撥單資料:帳號:50003021戶名:英屬蓋曼群島商家庭傳媒(股)公司城邦分公司。2. 通信欄內註明訂購書名與冊數。3. 劃撥金額低於500元,請加附掛號郵資50元。如劃撥日起 10～14日,仍未收到書時,請洽劃撥組。劃撥專線TEL:(03) 312-4212 ・ FAX:(03) 322-4621。E-mail:marketing@spp.com.tw

國家圖書館出版品預行編目資料

我們的重製人生 / 木緒なち 作 ; 陳冠安 譯. --1版.
--臺北市：尖端出版, 2022.03
面 ; 公分. --(浮文字)
譯自：**ぼくたちのリメイク**
ISBN 978-626-316-570-0(第5冊：平裝)

861.57　　110020219